バンドガール！

濱野京子 作
志村貴子 絵

偕成社

もくじ

1 新しいこと、はじめよう 14
2 ライバル？ 30
3 莉桜《りお》と涼香《すずか》 58
4 見果《みは》てぬ夢《ゆめ》 79

5　歌の秘密《ひみつ》　95

6　漣《れん》のキモチ　112

7　忘《わす》れられない『忘れられた歌』　135

8　ラストステージ　160

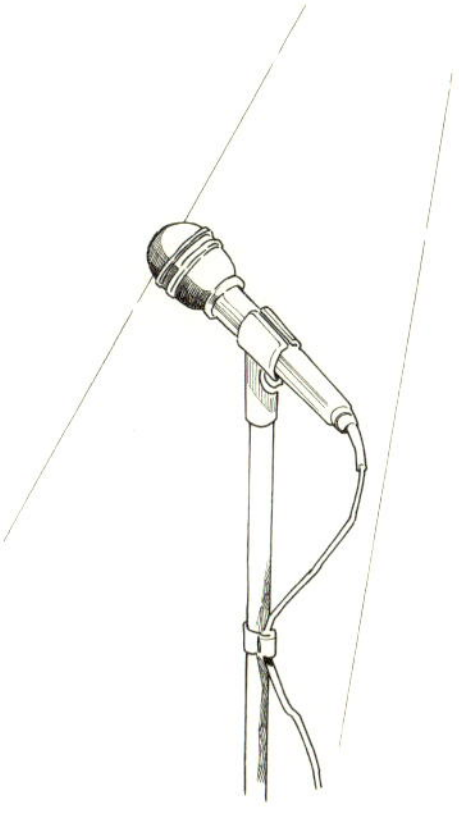

装丁　中嶋香織

なんかどきどきする。たくさんの不安《ふあん》のなかに、ちょっとだけ期待っていうか、わくわくする気持ちがチョコチップクッキーのチョコみたいにまじっている感じだ。

不安のなかみは、ふたつ。

ひとつめは、あたしでいいのかな。

ふたつめは、あたしにできるかな。

どっちも似《に》たようなことだけど、あたし基準《きじゅん》では、このふたつはビミョーにちがうのだ。

わくわくのほう？　それは、もちろん……。

「沙良《さら》！　おそいよ。」

莉桜《りお》ちゃんがわかば児童《じどう》センターの前で手をふっている。そこがきょうの待ちあわせ場所だ。莉桜ちゃんのそばには、葵衣《あおい》も美宙《みそら》ちゃんも立っている。

約束《やくそく》の時間は午後二時だから、まだ三分あるのに、と思ったけれど、三人が立っているほうにむかって走りだす。

莉《り》桜《お》ちゃんがあたしに、笑顔《えがお》をむけた。

「ありがと、沙良《さら》、仲間《なかま》になってくれて。」

「でも、ほんとにあたしでいいんですか？」

「もう、まだいってる。あたりまえだよ。いこっ！」

あたしは、莉桜ちゃんに引っぱられるようにして、児童《じどう》センターのなかに入っていった。

ロビーに入るとすぐに帽子《ぼうし》をとってマスクをはずす。五月の日ざしはけっこう強くて、頭にすこし汗《あせ》をかいていた。

「早くもうしこもうよ。」

莉桜ちゃんがいうと、美宙《みそら》ちゃんがくすっとわらった。

「莉桜ってば、せっかちなんだから。」

ロビーのカウンターに、パソコンの端末《たんまつ》が何台か設置《せっち》してある。そこは、たくさんの子があつまってにぎわっていた。知っている顔もけっこういる。

あたしたちは、ひとつだけ空《あ》いていた端末に近づいていった。莉桜ちゃんが「わかば児童センター サークル登録申込《とうろくもうしこ》み」という画面《がめん》をタッチして、つぎつぎに入力していく。

◇サークルの名前
巴旦杏《はたんきょう》
◇メンバーの名前　学校名・学年
新城莉桜《しんじょうりお》（リーダー）　若葉《わかば》小学校六年
矢野美宙《やのみそら》　若葉小学校六年
豊田葵衣《とよだあおい》　若葉小学校五年
森岡沙良《もりおかさら》　若葉小学校五年
◇活動の内容《ないよう》
バンド
◇希望《きぼう》活動日
月・木・土（午前）
◇リーダーの連絡先《れんらくさき》
若葉市《わかばし》わかば町５４１番地

「名前の字、あってるよね。」
と、莉桜《りお》ちゃんにきかれて、葵衣《あおい》とあたしはうなずいた。活動の内容《ないよう》というところを見て、またちょっとドキドキした。そうなんだ。あたしは、ひょんなことから、バンド活動をすることになったのだ！

児童《じどう》センターでサークル登録《とうろく》をすると、これから来年の三月まで、ここで活動できる。音楽系《おんがくけい》のサークルは、防音《ぼうおん》の部屋をつかえるし、児童センターにある楽器《がっき》やオーディオ機器《きき》を借《か》りることもできる。ダンスサークルはレッスン室をつかえる。それほど大きくはないけれど、体育館もある。そんなわけで、あたしたちのクラスの三分の二ぐらいは、児童センターでなんらかのサークル活動をしている。

登録しめきりは午後二時半。三十分後には、ロビーの大型電子掲示板《おおがたでんしけいじばん》に、今年登録したサークルの名前と活動日が、発表されることになっていた。

三時が近づいてきたので、あたしたちは掲示板のほうに歩いていった。ふと、莉桜

◇サークルの名前◇ 巴旦杏
はたんきょう
◇メンバーの名前◇ 学年◇
新城新桜(リーダー)
矢野美留

ちゃんの足がとまる。

「どうか、したの？」

と、葵衣《あおい》がきいた。

「なんでもない。」

でも莉桜《りお》ちゃんの表情《ひょうじょう》はかたかった。

「小松《こまつ》さんだ。」

ぽつんと、葵衣がいった。すこしはなれた場所に、六年生の、小松涼香《すずか》さんが立っていた。

ロビーの時計が三時をつげる。そして、いままで暗かった掲示板《けいじばん》が明るくなって、サークル名が表示《ひょうじ》された。

音楽系《おんがくけい》のサークルは、バンドがふたつと合唱《がっしょう》サークルがひとつ。最近《さいきん》は、ダンス系のサークルが多いらしくて、今年は五つあった。体育館をつかう運動《うんどう》のサークルは、バレーボールと卓球《たっきゅう》、体操《たいそう》、室内陸上《しつないりくじょう》。去年まであったバドミントンがなくなって、ミニバスケは男子チームだけになった。

「やった！　日にち、希望《きぼう》どおりだね。月、木と、土曜の午前中。」

莉桜《りお》ちゃんが声をはずませて、あたしたちはおたがいの手をぱちっとあわせてハイタッチ。

「さっそく、こんどの土曜からね！」

そのとき、涼香《すずか》さんが、莉桜ちゃんに近づいてきた。

「莉桜、おめでとう。新バンド結成《けっせい》。メンバーがあつまってよかったね。」

おめでとう、といっているけど、涼香さんの顔はすこしもわらってない。

「そっちこそ、よかったね。」

とこたえた莉桜ちゃんもわらっていない。

「がんばってね。うまくいくように、祈《いの》ってるよ。」

口ではそういいながらも、涼香《すずか》さんはちょっと鼻でわらってたちさっていった。

そのときのあたしは、涼香さんが、もうひとつのバンドサークルである、ブルートパーズのリーダーだなんてことも知らなかった。

1 新しいこと、はじめよう

それは、校庭の桜《さくら》もすっかり散《ち》った、四月の半《なか》ば。五年生になって、一週間ほどたったころのこと。

あたしは、がっくりと肩《かた》をおとしながら家へとむかっていた。去年ようやくミニバスケのチームに入れたと思ったのに、それがつづけられないことが決定的《けっていてき》になったのだ。

若葉小《わかばしょう》ミニバスケチームは、去年は六人だった。そのうち三人が卒業《そつぎょう》した。のこされたメンバーは、新六年が一人。あとはあたしと同級生の宮崎舞奈《みやざきまいな》だけ。だから、活動をつづけるためには、四年生を二人以上《いじょう》スカウトする必要《ひつよう》があったのに、希望者《きぼうしゃ》は一人もいなかったのだ。

舞奈《まいな》はさっさとあきらめて、ダンスサークルをつくるといっている。ダンスなら三人でもできるから、サークル登録《とうろく》をしやすい。ちなみに、サークルは、三人以上《いじょう》でつくるというのが規則《きそく》だ。

「あと二人ぐらい脈《みゃく》ありなんだ。沙良《さら》もいっしょにやらない？」

って、舞奈からさそわれたけれど、ダンスなんて、ぴんとこなかった。

児童《じどう》センターは、市内の子どもたちが遊びながら学ぶことができるところだ。校庭や外の公園では遊べないあたしたちにとっては、運動《うんどう》ができる大切な場所でもある。もちろん、図書室や工作室なんかもあるし、いろんな講座《こうざ》やイベントもおこなわれる。それから、四年生以上は、サークルに入ることができる。サークルは、毎年五月に登録して、つぎの年の三月まで活動をつづけることになる。

若葉市《わかばし》には、市内に小学校が三つあるけど、どこも子どもの人数が少ない。小さいときから若葉市に住んでいるパパが子どものころは、だいたい一学年三クラスで、一クラスに三十人ぐらいいたらしい。けれど、子どもが減《へ》ったいま、サークルをなりたたせるために人をあつめるのは、けっこうたいへんなのだ。

家のすこし手前にある十字路《じゅうじろ》まできたとき、うしろから声をかけられた。

「沙良《さら》！」

ふりかえると、同級生の葵衣《あおい》と、莉桜《りお》さんが立っていた。莉桜さんが、あたしにむかってわらいかけながらいった。

「あたし、新城《しんじょう》莉桜。おぼえてる？　いっしょに応援団《おうえんだん》やったよね。」

「あ、はい。もちろん。」

若葉小《わかばしょう》は、どの学年も二クラスで、クラスの人数は十五人ぐらいだから、ひとつ年上の六年生はだいたい顔と名前が一致《いっち》する。さすがに、下級生まではおぼえきれないけれど。全校生徒《せいと》は百八十人ほどで、これでも、市内三つのなかではいちばん大きな小学校だ。

応援団というのは、市立体育館で、学校対抗運動会《たいこううんどうかい》をやったときのこと。四年生以上《いじょう》のクラスの女子と男子二人ずつが、応援団員として、旗《はた》とかポンポンをふったり、手拍子《てびょうし》をリードしたりして応援合戦《がっせん》をした。あたしはその一員だったのだ。

莉桜さんはすらっとして背《せ》がかなり高いほうだ。応援合戦のときは、長い髪《かみ》をうしろでひとつにたばねて、はちまきをきりりと結《むす》んでいた。髪《かみ》が長いのにボーイッシュで、すごくかっこよかった。それになんといっても、声がよくとおるので、応援団《おうえんだん》のなかではいちばん目立っていた。

「あのとき、森岡《もりおか》さんの手拍子《てびょうし》、とってもリズミカルだなって思ったんだよね。それと、徒競走《ときょうそう》で、速《はや》かったでしょ。運動神経《うんどうしんけい》いいんだなって思った。」

ほめられるのはうれしかったけど、イマイチ、莉桜《りお》さんがなにをいいたいのかわからなかったから、だまっていた。

「で、葵衣《あおい》にきいたんだけど、ミニバスケ、人があつまらなかったんだって？　残念《ざんねん》だね。」

「……はい。」

「ほかに、なにかやるの？　ダンスとか。」

あたしは、首を横にふった。

「じゃあさあ、相談《そうだん》っていうか、おねがいなんだけど、あたしたちと、バンドやらない？」

「バンド？　むりですよ。あたし、楽器《がっき》なんて、リコーダーしかやったことないから。」

思わず、声がひっくりかえってしまった。けれど、莉桜《りお》さんはにこにこしたまま、いった。

「森岡《もりおか》さんならだいじょうぶだと思うんだ。すこし練習すれば。ほら、リズム感よさそうだし。葵衣《あおい》もいっしょだし、ね。」

莉桜さんの言葉に、葵衣もうなずきながら、

「やろうよ。沙良《さら》がいっしょなら、うれしい。」

なんていう。葵衣は、去年も同じクラスで、まるっきり知らない子じゃないから、ちょっぴり心がうごいた。でも、やっぱりむり！　葵衣は音楽がとくいで、歌をうたうときとか音程《おんてい》をはずさないし、リコーダーもうまい。それにギターも弾《ひ》けるらしい。でも、あたしはなにもできない。

莉桜さんは、去年もバンドをやっていた。音楽系《おんがくけい》の活動にはぜんぜん興味《きょうみ》がなかったから、莉桜さん以外《いがい》のメンバーがだれかは、ちゃんと知らなかったけれど、練習室で活動しているのをちらっと見たことがあったのだ。

「でも、莉桜《りお》さん、たしか、バンドやってましたよね。その人たちは？」

「去年のバンドは、解散《かいさん》したの。で、新しいバンドを結成《けっせい》しようと思ったってわけ。あたしがメインボーカルで、葵衣《あおい》がギター。あと、六年の美宙《みそら》は去年からいっしょで、ベース担当《たんとう》。けど、やっぱりどうしても、ドラムがほしいな、って思ったんだよね。」

「え？　じゃあ、あたしがドラム？」

「そうだよ。」

ぜったいむりだ。だって、ほんもののドラムなんて見たこともさわったこともない。バンドの映像《えいぞう》なんかだと、いくつも太鼓《たいこ》やシンバルがあって、すごくむずかしそうだ。

「とにかく、考えてみてよ。」

そのときはそれで話がおわったが、そのあとも、莉桜さんからなんどもさそわれた。

ほんとうは、スポーツのサークルに入りたかった。けれど、バレーボールも卓球《たっきゅう》も、四年からやってる子でまとまってるし、体操《たいそう》や室内陸上《しつないりくじょう》には、イマイチ気持ちがうごかなかった。

それからしばらく、あたしはずっとまよっていた。学校がおわったあと、なにもやらないのもつまらない。舞奈《まいな》のダンスチームは、メンバーが五人あつまったとかで、あたしのことは、もうさそってくれなくなった。それにくらべて、葵衣《あおい》や莉桜《りお》さんは、まだ熱心《ねっしん》にさそってくれる。正直《しょうじき》にいえば、わるい気はしなかった。

サークル登録《とうろく》のしめきりがせまってきた日の午後、家に帰ったあたしは、おやつのドライフルーツを食べながら、

「バンドかあ……。」

と、つぶやいた。するとママが、首をすこしかしげてきいた。

「バンドって？」

「さそわれてるの。ミニバスケ部、なくなっちゃったし。ドラムやらないかって。」

「へえ？　かっこいいじゃない。」

「そんなに、かんたんにいわないでよ。楽器《がっき》なんて、リコーダーしかやったことないのに。」

「そうか。わたしたちが子どものころは、最初《さいしょ》に鍵盤《けんばん》ハーモニカっていうのをやったけど……。まあ、リコーダーと両方そろえるのもたいへんだもんね。けど、沙良《さら》は、リ

コーダー、けっこううまかったんじゃない？」

「そうでもなかったよ。葵衣《あおい》のほうがずっとじょうずだった。ほんとはスポーツのほうがいいんだけどな。舞奈《まいな》は、ダンスやるんだって。」

「ダンスかぁ。むかしは、若《わか》い子たちが、よく路上《ろじょう》でダンスしてたものだけどねえ。」

ママは、ふっとため息をつく。

「ええ？　路上で？」

「いまは考えられないけどね。それはともかく、ママは、バンド、やってほしいな。ほんとは、ピアノを習わせてあげたかったのに、できなくて残念《ざんねん》っていうか、くやしい気がしてたから。音楽やってくれたらうれしいな。」

ママは、小学生のときはピアノを習っていたし、中学生と高校生のころ、ブラスバンド部に入っていて、クラリネットをふいていた。大学では、軽音楽《けいおんがく》サークルでボーカルを担当《たんとう》して、ミュージシャンになることを夢《ゆめ》みたという音楽大好《だいす》き人間。でもいまは、もし、音楽を本気でやりたければ、首都《しゅと》のある北海道《ほっかいどう》にいくしかない。

「けど、ドラムだよ。見たこともないし、むずかしそう。」

「たたけば、音がでるからだいじょうぶよ。」

「もう、てきとうなんだから。」

「ごめん、ごめん。でもね、どんな楽器《がっき》だって、かんたんじゃないわよ。だからって、むずかしく考えることもない。ほら、音楽は、音を楽しむって書くんだから、楽しめばいいの。それに、沙良《さら》は、運動神経《うんどうしんけい》いいんだし、やれるんじゃないかしら。」

ママは、莉桜《りお》さんと同じようなことをいった。

「ねえ、ママ、タブレット貸《か》して。ちょっとしらべてみるよ、ドラムのこと。」

「いいけど、先に充電《じゅうでん》してね。ずっとつかってないから。それからネットは、一時間だけよ。」

ママは、今年になってからネット断《だ》ちっていうのをやっている。インターネットを見すぎると、情報《じょうほう》にふりまわされて、気持ちが暗くなる、というのだ。

ママがもっているタブレット端末《たんまつ》は、かなり古い型《かた》のものだ。あたしは充電してからネットにつないだ。

ドラムの演奏《えんそう》をしている動画《どうが》をさがす。すぐにいくつかの動画がみつかった。あたしは、女の人のドラマーをさがした。

「うわっ、かっこいい！」

思わずつぶやく。軽快《けいかい》なスティックさばきで、たくさんある太鼓《たいこ》やシンバルをたたいていく。速《はや》い。

そっか、ドラムって、手だけじゃなくて、足もつかうんだ。やっぱりむずかしそうだ。あたしにできるだろうか。動画《どうが》を見ながら、まねするみたいに、机《つくえ》のあちこちを、手でたたいたりしてみた。てきとうにあわせてたたいているうちに、ちょっとおもしろくなってきた。それに、演奏《えんそう》している人がなんか楽しそうで、あたしも笑顔《えがお》になってくる。

あたしは、きっかり一時間でタブレットを切った。ママとの約束《やくそく》で、ゲームやネットは一日一時間ってきめられている。だから、きょうはもうゲームはできないけど、もともとそんなにゲームが好《す》きなわけでもないから、問題なし。

それより、あたし、きめた。

「ママ、あたし、バンド、やってみることにする。」

「そう。がんばって。」

ママは、ほんとうにうれしそうにわらった。

つぎの日の朝、あたしは登校するとすぐに、葵衣《あおい》をつかまえた。

「葵衣、バンド、やることにする。」

「莉桜《りお》ちゃん、よろこぶ。」

葵衣はにっこりわらった。

そして、その日の放課後《ほうかご》、あたしは葵衣とまちあわせて、莉桜さんの家にいった。葵衣は、お父さんからもらったという古いギターをもっていた。

莉桜さんの家は、二階建《かいだ》てのりっぱな家だった。屋根には、最新式《さいしんしき》のソーラーパネルが光っている。あたしが住んでる団地《だんち》に貼《は》ってある、旧式《きゅうしき》のパネルとは色あいがずいぶんちがう。

玄関《げんかん》の前に立って、葵衣がドアチャイムを押《お》そうとしたとき、いきなりドアがひらいて、莉桜さんがあらわれた。うしろから、ひょろっと背《せ》が高い人が顔をのぞかせる。ショートカットでメガネをかけたその人が、もう一人のメンバーの美宙《みそら》さんだった。

「まってたよ。森岡《もりおか》さん、仲間《なかま》になってくれて、ありがと。すっごくうれしいよ。入って、入って。おいしいクッキー、あるし。」

おやつにクッキーなんて、すごいぜいたくな気分。それだけでも、歓迎《かんげい》されてるって感じがして、ちょっとうれしい。

「あの、でも、ほんとにあたしでいいんですか。あたし、音楽、それほどとくいじゃないし。」

「だいじょうぶ、あたしが見こんだんだから。これからは沙良《さら》ってよぶね。あたしのことは、莉桜《りお》でいいよ。」

「あたしのことは美宙《みそら》ってよんで。」

と、美宙さんもいった。美宙さんの声は、ちょっと低めだった。

二人とも年上だし、やっぱりよびすてには抵抗《ていこう》があるので、あたしは、葵衣《あおい》にならって、莉桜ちゃん、美宙ちゃん、とよぶことにした。

あたしは葵衣にそっときいた。

「葵衣は、よくくるの?」

「うん、わりと家近いし、ママ同士が、仲《なか》いい。」

とおされた居間《いま》はふきぬけになっていて、高い天井《てんじょう》からさげられたシーリングファンがまわっていた。大きなテーブルの上には、クッキーののったお皿があった。

「でね、うちらのバンド構成《こうせい》なんだけど……。」

莉桜《りお》ちゃんは、麦茶の入ったコップを、テーブルにおきながらいった。

「前にも話したように、リーダーは、ボーカルのあたしがやらせてもらいます。美宙《みそら》はベース。そして葵衣《あおい》がギター。沙良《さら》がドラム。コーラスはみんなで。」

莉桜ちゃんが話しているあいだも、葵衣はずっとギターをつま弾《び》いている。ほんもののギターをまぢかで見たのは、はじめてだった。

「児童《じどう》センターのギターと、ちがうみたい。」

あたしがつぶやくと、莉桜ちゃんがおしえてくれた。

「あれは、エレキギター。ベースの美宙もエレキだけど、アコースティックギターの音《ね》色《いろ》、とりいれたかったんだ。葵衣のギター、すごくいいんだよ。ねっ！」

美宙ちゃんも、うんうん、というふうにうなずく。

「楽器《がっき》は、どうするんですか？」

「児童《じどう》センターにあるのを借《か》りるんだよ。ギターとかは、自分のをもってる子もすこしはいるけど、ドラムもってる小学生なんて、いないから。サークル登録《とうろく》すれば、つぎの年の三月まで、わりあてられた日に練習できるし、楽器も借りられる。指導員《しどういん》の人におしえてもらうこともできるよ。」

「どんな曲をやるんですか？」

「去年は、っていっても、べつのバンドだったけど、〈ライラック〉のコピーとか、やったよ。知ってる？」

あたしは、こくっと首をたてにふる。〈ライラック〉というのは、北海道《ほっかいどう》で活動している六人組のバンドだ。

「たしか、ボーカルが女の人でしたよね。」

「そう。あのボーカル、関東《かんとう》出身なんだって。うらやましいな。なんていっても、音楽やるなら北海道だもん。」

「けど、あの曲、けっこうむずかしかったなあ。」

美宙《みそら》ちゃんがいった。そんなことをきくと、また不安《ふあん》になってくる。ほんとに、あたしでいいのかな。ドラムなんて、できるだろうか。けれど、

「じゃあ、五月になったらすぐに、サークル登録《とうろく》するからね。それから、グループ名だけど、巴旦杏《はたんきょう》っていうんだ。スモモのことだよ。美宙と考えて、葵衣《あおい》は賛成《さんせい》してくれたけど、沙良《さら》も、それでいい？」

と、あたりまえみたいに仲間《なかま》あつかいされるのは、ちょっとうれしい。

「はい。なんか、すてきな名前。」

「バンドっぽくないとこが、いいでしょ。それから、コンセプトがね、ちょっぴりすっぱい、甘《あま》すぎないってことだから。」

こうしてあたしは、四月の初《はじ》めには、想像《そうぞう》もしていなかったサークルに入って、バンド活動をすることになったのだった。

2 ライバル？

はじめての練習日は、五月の連休《れんきゅう》が明けたあとの土曜日。約束《やくそく》の九時に、わかば児童《じどう》センターにいくと、三人ともあたしより先にきていた。

莉桜《りお》ちゃんと美宙《みそら》ちゃんを先頭にして、練習室に入っていく。わたしは、ここに入ったのははじめてだった。

厚《あつ》いガラスドアのむこうは、がらんとした板《いた》じきの部屋で、ダンス室よりはずっとせまかった。

「奥《おく》のほうに準備室《じゅんびしつ》があって、楽器《がっき》とかマイクとか、オーディオ機器《きき》とかがおいてあるんだ。いま、池上《いけがみ》さんがくるから。」

だれのことだろうというふうに、あたしと葵衣《あおい》が顔を見あわせたとき、ドアがひらいて、男の人が入ってきて明るい声でいった。

「やあ、おそくなってごめん。」

この人が池上《いけがみ》さんという人らしい。パパよりはずいぶん若《わか》そうだ。

「こんにちは。今年《ことし》もお世話《せわ》になります。」

「こんにちは。莉桜《りお》と美宙《みそら》は、新しいバンド組んだんだね。でこっちが新メンバー？ぼくは、池上順《じゅん》。この児童《じどう》センターの音楽関係《かんけい》の指導員《しどういん》をしています。よろしくね。」

あたしと葵衣は、ぺこっと頭をさげてから、それぞれ名のった。

「池上さん、このバンドはね、アコースティックギターを入れたいの。」

莉桜ちゃんの言葉に、池上さんは、ほうっ、というふうに、目を見ひらいた。

「しかし、アコギは音量《おんりょう》が小さいし、初心者《しょしんしゃ》には、むずかしいんじゃないか。やっぱりエレキのほうがとっつきやすいだろ。」

「べつに大ホールでのコンサートやるわけじゃないもん。それに、葵衣は初心者じゃないよ。すごくうまいんだから。池上さん、びっくりするよ。あたし、葵衣のギターきいて、ぜったいにいっしょにやりたいって思ったの。」

葵衣《あおい》は、あまりおしゃべりな子じゃないから、そんな莉桜《りお》ちゃんの言葉も、だまったままきいている。そして、マイギターをとりだすと、指ではじいて、それぞれの弦《げん》を順《じゅん》番《ばん》に鳴らしていく。

「へえ、なるほど。豊田《とよだ》さん、耳よさそうだね。調律《ちょうりつ》も慣《な》れているし。」

池上《いけがみ》さんが感心《かんしん》したようにいった。

「そうだよ。葵衣は、音楽センスもすごくいいんだ。」

と、莉桜ちゃんがじまんすると、池上さんは、楽しそうにわらった。

「じゃあ、君《きみ》たちの、えーと……巴旦杏《はたんきょう》は、ブルートパーズとは、コンセプトがちがうわけだ。」

「もちろんです！　新しいサウンド、つくるの。葵衣のアコギを生かした、アコースティックサウンドを中心にしたバンドです。」

「それは、ちょっと楽しみだね。」

「それでね、池上さん。葵衣のギターはノープロブレムなんだけど、ドラムの沙良《さら》、はじめてなんだ。おしえてあげてください。」

と、莉桜《りお》ちゃんがいったので、あたしはあわてて頭をさげた。

「おねがいします！」

「じゃあ、まず、スティックの持ち方からだね。マッチドグリップというのをおしえてあげよう。みんなは、曲の練習していていいよ。」

池上《いけがみ》さんはあたしに、スティックを二本わたしてくれた。これがドラムのスティックなんだ。思ったより軽い。けど、けっこうかたそうだ。

「えーと、スティックの、上から三分の一ぐらいのところを、親指とひとさし指の二本の指をつかってもつんだ。それから、のこり三本の指をかるくそえる。こんな感じ。ぎゅっとにぎらないで。」

あたしは、池上さんをまねて、スティックを、親指とひとさし指ではさんだ。それから、スティックを上下にふってみる。スティックの先がうごくたびに、かるくにぎった手の腹《はら》にかすかにふれる。

「うん、いい感じに力ぬけてるね。じゃあ、たたいてみようか。」

「ええ？　いきなりたたくの？」

「太鼓《たいこ》だから、たたかなくちゃ。楽器《がっき》と仲《なか》よくなってほしいからね。」

ということで、ドラムセットのそばに移動《いどう》。ドラムセットは、けっこうつかいこんだものらしいけど、きんきらしてた。すごい。太鼓、いくつあるんだろ……。

「もしかして、見たのものはじめて？」

「はい。ここにあるのを部屋の外から見かけたことはあったけど。あと、ネットで、演《えん》奏《そう》してる動画《どうが》は、ちょっと見ました。でも、なんかびっくりっていうか、あたしにできるかなあ。」

やっぱり、動画で見るのと、ほんものはちがう。

「だいじょうぶだよ。たたけば鳴るから。この小さい太鼓……スネアドラムっていうんだけど、たたいてごらん。」

あたしは、スティックを太鼓の上に打ちおろした。バシャッという軽い音がひびく。

「あ、鳴った。」

と、思わず声がでた。じんと指先に衝撃《しょうげき》がつたわる。

「そりゃあ鳴るよ。だけど、そんなふうにおさえつけないで。はずむようにね。」

池上《いけがみ》さんが見せてくれたお手本を、まねするようにたたいてみる。パシャンという音がして、スティックの先が太鼓《たいこ》の上ではねた。さっきの音よりずっといい。ちょっとうれしくなって、もう一回たたいてみた。

パシャン……。

音はすぐに、空中にすいこまれるように消えた。スネアドラムって、音が軽いんだ。なんか、かわいい。

「じゃあ、ドラムセットの説明《せつめい》をするからね。いちいちおぼえなくてもいいよ。いずれ、わかるから。」

「ずいぶんたくさんあるんですね。」

「そう。まず、いま、たたいたスネアドラムだけど、これは、細い金属線《きんぞくせん》が、底面《ていめん》の膜《まく》にくっつくように張《は》ってあるんだ。この線のことを英語でスネアっていう。それで、スネアドラムっていうんだけど、音が他《ほか》の太鼓とはちがうだろう。」

といいながら、池上さんはほかの太鼓を順番《じゅんばん》にたたいた。ひとつひとつ音がちがうけれど、それぞれの太鼓《たいこ》は、ボン、ボーン、ドン、ドーンと鳴って余韻《よいん》をのこす。それにくらべると、スネアだけが、ほかのとちがって音切《おとぎ》れがいい。

「ほんとだ。スネアって、ちょっと金属《きんぞく》っぽい。」

「で、この大きい太鼓にのっかるようについているのがタムタム。大太鼓は、バスドラムっていって、右足でペダルをふんで操作《そうさ》するんだ。大太鼓より小さいこっちの太鼓がフロアタム。タムタムよりは、大きいから音は低いよ。」

あたしは、説明《せつめい》をききながら、それぞれの太鼓をスティックで鳴らしてみた。こんなにたくさんの太鼓を一人で操作《そうさ》するなんて、やっぱりむずかしそうだ。でも、なんかわくわくする。

「つぎは、シンバルだよ。いちばん大きいのが、ライドシンバルっていうんだ。リズムをきざむのに大切な役割《やくわり》をする。それからこっちのひとまわり小さいのが、クラッシュシンバル。」

大きいほうのシンバルをたたいてみた。カーンという耳にひびく音がして、びっくりした。

「そして、最後《さいご》。これがハイハットシンバル。」

「あれ？　二枚《まい》がさねだ。」

「そう。これは、スティックでたたくこともあるけど、左足のペダルでも操作《そうさ》できるんだよ。こんなふうにペダルをふむと、二枚があわさって音が鳴るってわけ。」

おぼえなくていいっていわれたけれど、やっぱりぜんぜんおぼえられなかった。

池上《いけがみ》さんが、いすにすわった。そして、

「莉桜《りお》、美宙《みそら》、三人で、ちょっと、演奏《えんそう》してみようか。ぼくがドラムをやるから、どんな感じか、新しくはじめた二人にきかせてあげよう。」

といって、カウントをとりはじめた。演奏するのは、去年練習していた曲のようだ。

莉桜ちゃんは、キーボードの前に立った。

「すごい。キーボード、弾《ひ》けるの？」

と、きくと、莉桜ちゃんは、すこしてれたようにわらった。

「すこしだけ。」

池上さんが、

「はじめるよ。ワン、トゥー、スリー、フォー。」

とスティックを打って合図する。三人の演奏《えんそう》がはじまった。莉桜《りお》ちゃんの声は、とてもきれいだった。こんなにうまかったんだ……。美宙《みそら》ちゃんもかっこよかった。ベースをもつ姿《すがた》がさまになってるし、音もビンビンひびく。もちろん、池上《いけがみ》さんのドラムは、とてもじょうずだった。

目をこらして見て、耳をすましてきいていると、シンバルも太鼓《たいこ》も、どこの部分をどんなふうにたたくかで、音がかわるのがわかる。そのうえ種類《しゅるい》が多いのだから、メロディーは奏《かな》でられなくても、音色《ねいろ》も高さもいろいろ。なんかドラムってすごい楽器《がっき》かも。

「みんな、じょうずだね。」

と、葵衣《あおい》にささやこうとして、びっくり。葵衣は、演奏にあわせて、ときどきギターをかき鳴らしていたのだ。

「知ってるの？　この曲。」

「よく知らない。」

といいながらも、なんとなくギターの音色が三人の演奏にとけこんでいる。すっかり差《さ》をつけられてしまったみたいで、ちょっとあせった。

「みんな、すごいなあ。あたし、ついていけるかなあ。」

「へいき、へいき。あたしだって、去年の五月に、ベースはじめたんだよ。」

美宙《みそら》ちゃんがいった。

「そうなの？」

「美宙は、前のバンドに、あたしがさそって入ってもらったんだ。」

「一年前は、ぜんぜん弾《ひ》けなかったよ。」

それでも、あんなにかっこよく、ベース弾けるんだ。ファイトがわいてきた。ゼロからの出発なのだから、最初《さいしょ》はうまくできなくたって、あたりまえだよね。

のこりの時間で、ドラムの初歩《しょほ》の初歩を習うことになった。池上《いけがみ》さんはメトロノームをセットした。

「じゃあ、このカチコチという音にあわせて、右手でだけ、ハイハットシンバルをたたいてみようか。スタート、ワン、トゥー、スリー、フォー……。」

シャーン、シャーン、シャーンと金属的《きんぞくてき》な軽い音がひびく。スティックの当《あ》たりは、太鼓《たいこ》よりはちょっとかたい。

「いいね、そんな感じ。こんどは三発目に、左手でスネアを入れてみて。そうそう。」

ほんのすこしたたいただけで、汗《あせ》ばんできて、思わずひたいの汗を手でぬぐう。手の甲《こう》がぺとっとうすくぬれた。けど、けっこう楽しい。

「よし、じゃあ、1、2、3、4の1のところで、右足のペダルふんでごらん。」

右足で鳴らすのは、たしかバスドラムだ。ペダルをふむと、ボゥンと重い音がして、ちょっぴりあたりの空気がふるえた気がした。あたしは、頭のなかで、ドン、チャ、チャ、チャといいながら、しばらくそのリズムで手と足をうごかした。

「うん、じょうずじょうず、沙良《さら》は、すじがいいねえ。」

おだててるんだなってわかったけど、ちょっとはうれしかった。

池上《いけがみ》さんが、いいことをおしえてくれた。太鼓《たいこ》がなくてもスティックで机《つくえ》をたたいたりできるし（でも、きずつけないように気をつけて、ともいわれた）、スティックをもってないときでも、手で太《ふと》ももやひざの上をたたいたりして練習すればいいって。

こうして、あたしのバンドの日々がはじまったのだった。

「沙良《さら》、バンドやってるんだって？」

と、舞奈《まいな》にきかれたのは、二度目の練習をしたつぎの日のことだった。ダンスをはじめた舞奈とは、練習日がちがうみたいで、児童《じどう》センターで顔をあわせることはなくなっていた。

「うん。」

「まさか、沙良が音楽系《おんがくけい》やるとはなあ。」

「自分でもそう思うよ。走りまわってるのが好《す》きだから。でもね、けっこうおもしろいよ。」

「そういえばさ、漣《れん》も、バンドやってるよ。」

「漣って大原《おおはら》くん？　けど、なんで舞奈がそんなこと知ってるの？」

「練習日が同じだもん。」

大原漣とは、五年ではじめて同じクラスになった。優等生《ゆうとうせい》って感じの子だから、バンドなんてちょっと意外な気もしたけど、あたしが知らないだけかもしれない。

「舞奈《まいな》は、大原《おおはら》くんのこと、よく知ってるの？」

「まあね。わりと家近いし。」

今年《ことし》、児童《じどう》センターに登録《とうろく》したバンドのサークルはふたつ。ということは、漣《れん》は、小《こ》松《まつ》涼香《すずか》さんたちがやってるバンドに入ったのだ。登録のときには、涼香さんしかいなかったから、あたしはほかにどんなメンバーがいるのか知らないままだった。

ブルートパーズの練習日は、火、金、土。土曜は巴《は》旦杏《たんきょう》も練習日だけれど、午前と午後にわかれているから、顔をあわせたことはなかった。

「大原くん、楽器《がっき》はなにやってるのかな？」

「ベースだって。」

ということは、美宙《みそら》ちゃんのライバル？

ちょうどそのとき、教室に入ってきた漣が、帽子《ぼうし》とマスクをとった。あたしと舞奈に見られているのに気がついたのか、なんだよ、というふうに口をとがらせた。

あたしは家にいるときも、ドラムセットを思いうかべながらあちこちたたいたり、足ぶみしたりして練習した。そして、児童《じどう》センターに何回か通っているうちに、すこしずつ、ドラムをたたくことにも慣《な》れてきた。といっても、まだまだおっかなびっくり、って感じだったけれど。そんなあたしを、はげましてくれているのか、

「沙良《さら》、あたしの見こんだとおりだね。のみこみはやい。」

と莉桜《りお》ちゃんがいってくれた。

「ほんとだね。左と右、それに足までべつのうごきをするのに、もうちゃんとできてるし、エイトビートもばっちりだね。」

池上《いけがみ》さんにまでいわれて、ちょっといい気分になった。エイトビートというのは、四分の四拍子《びょうし》で、八分音符《ぶおんぷ》のビートを基本《きほん》にしたリズムだ。ツツタツ、ツツタツという感じ。

休憩時間《きゅうけい》のとき、あたしは、漣《れん》のことを話してみた。

「うちのクラスの男子で、バンドサークルに入って、ベース担当《たんとう》してる子がいるんだけど、それって、ブルートパーズだよね。」

「ああ、漣《れん》くんだね。」

と、池上さん。

「じゃあ、いまは、涼香《すずか》とその五年生と、あとだれ？　どうせ三人でしょ。涼香は、ほんとうなら自分一人でできると思ってるもんね。」

という莉桜《りお》ちゃんの言葉には、ちょっぴり棘《とげ》がある。

「ドラムの子がくわわったよ。」

「ええ？　だれだろ。」

「それがね、となりの南小学校からきてるんだ。」

「マジ？　南小って、遠いじゃん！」

美宙《みそら》ちゃんがすっとんきょうな声をだした。

「そうだよ。自転車で三十分こいでくるんだから、たいしたもんだね。」

たしかに、南小の学区から三十分も自転車をこいでくるってすごいかも。とちゅうには、けっこうぶきみな場所だってあるのに。

「南小って、近くに児童《じどう》センター、ないの？」

「あっちの児童センターは小さいし、バンドのサークルはないからね。」

どんな子なんだろう。あたしと同じ、ドラム担当《たんとう》というので、すごく気になった。

その日は、練習する曲をきめることになっていた。いままでは、あたしがひたすら基《き》礎《そ》的《てき》な練習をしているあいだ、ほかの三人は、去年やった曲を演奏《えんそう》したりしていたのだ。

莉桜《りお》ちゃんが、タブレット端末《たんまつ》に何曲か入れてきてくれたので、みんなできいた。

音楽が鳴りだすと、葵衣《あおい》はもう、その曲にあわせるように、ギターをつま弾《び》いている。あたしは、せいぜい足で拍子《ひょうし》をとるくらい。

何曲かきいたあとで、美宙《みそら》ちゃんが、

「ねえ、二曲目の、もう一回ききたい。」

といった。じつは、あたしも、ちょっと気になっていた曲だ。ふたたび、曲がながれる。ゆったりとしたバラード。メロディーがいいなって思った。

「パパが子どものころ、好《す》きだった歌なんだって。どうかな。」

と、莉桜ちゃん。

「いい曲じゃん。」

美宙ちゃんの言葉にあたしもうなずく。

「葵衣はどう？」

莉桜《りお》ちゃんからきかれた葵衣《あおい》は、にっこりわらった。

「じゃあ、最初《さいしょ》はこれ、練習することにしようか。これなら、ぜったい、ブルートパーズとかぶらないし。」

「かぶらないって？」

「ブルートパーズは、っていうか、涼香《すずか》は、メロディーにメリハリがあって、テンポのいいポップな曲が好《す》きなんだよね。」

美宙《みそら》ちゃんが説明《せつめい》してくれた。もしかして、莉桜ちゃんとは、音楽の趣味《しゅみ》がちがってしまったのかな。

「じゃあ、バンド用の楽譜《がくふ》が公開されてるから、それぞれでダウンロードして。それで、すこし個人《こじん》練習した後で、きょうの最後に、いっしょにやってみようね。沙良《さら》もいっしょに。」

莉桜ちゃんの言葉にびっくりして、

「ええ？　あたし、まだむり。」

と、首をふると、池上《いけがみ》さんがわらっていった。

「だいじょうぶだよ。むずかしいことやらなくていい。ハイハットと、スネアとバスドラムで、拍子《ひょうし》をきざむだけでいいから。」

でもその三つだって、けっこうたいへんなんだけど。

「いっしょにやったほうが楽しいじゃん。あたしだって、すぐになんてできないもん。」

と美宙《みそら》ちゃん。

それからあたしは、池上《いけがみ》さんが譜面台《ふめんだい》にセットしてくれた電子楽譜《でんしがくふ》と格闘《かくとう》した。

「ドラムは、ほかの楽器《がっき》とちがってメロディーがうごいていくわけじゃないだろ。だから、ドラムの楽譜には、五線譜《ごせんふ》に記入されている位置《いち》で、どの太鼓《たいこ》をたたくかを、しめしてあるんだよ。」

五線譜でいちばん上に書いてあるのが、ハイハット、まんなかあたりのがスネア……。

あたしは、池上さんが説明《せつめい》するたびに、太鼓を実際《じっさい》にたたいて確認《かくにん》した。

いよいよ、楽譜にあわせてたたいてみる。最初《さいしょ》のうちはゆっくりやっても、つい足と手がいっしょになってしまったが、すこしずつ慣《な》れてきた。これまでは、ただ、たたいていただけ。けれど、これは曲なのだ。みんなとあわせたら、どんなふうになるんだろう。なんだか、うきうきしてきた。そして……。

「のこり十分になったから、一度あわせてみようか。」

と莉桜《りお》ちゃんがいった。

準備《じゅんび》がととのうと、莉桜ちゃんが合図をして、いきなり歌がはじまる。すこしのあいだ、伴奏《ばんそう》はギターだけだ。

莉桜ちゃんは、すっかり歌詞《かし》も頭に入っているみたいで、のびのびとうたっている。葵衣《あおい》は淡淡《たんたん》と弾《ひ》いている。やがて、ベースもドラムもくわわって、音がかさなっていく。

美宙《みそら》ちゃんは、とちゅうで、

「あ、まちがえた！」

って二度ぐらいいった。あたしは、なんどもまちがえた。ついていくのがやっとだった。スネアの縁《ふち》をたたいてしまったり、バスドラムのペダルをふみそこねたり。

でも、一人でたたいているのとぜんぜんちがう。ギターの音とベースのひびきと、声があわさる。あたしも必死《ひっし》にリズムをきざむ。おわりに近づくにしたがって、頬《ほお》がゆるんでくる。楽しい！

おわったあと、池上《いけがみ》さんが拍手《はくしゅ》してくれた。

「はじめてにしては上出来《じょうでき》だね。あとは、なんども練習していけば、もっとうまくかみあってくるよ。きょうは、莉桜《りお》だけがうたったけど、コーラスつけたいね。美宙《みそら》、ずいぶん上達《じょうたつ》した。葵衣《あおい》のギター、たいしたもんだ。それに、沙良《さら》、がんばったね。」

うーん、ちょっとほめごろし？　でも、やっぱりうれしいかも。合奏《がっそう》っていいな、って思った。


夕《ゆう》ご飯《はん》の後、後片《あとかた》づけをてつだいながら、無意識《むいしき》のうちに、昼間練習した曲を口ずさんでいた。といっても、歌詞《かし》まではおぼえてないから、てきとうっていうか、ハミングでだけど。

「沙良《さら》、よく知ってるわね、そんな古い歌。」

とママにいわれて、食器《しょっき》をしまう手をとめた。

「ママ、知ってるの？」

「ママが大学生のころ、はやった歌よ。なつかしいなあ。」

ママは遠くを見るように目をほそめた。

「莉桜《りお》ちゃんがみつけてきたんだ。バンドでこの曲やるの。」

「へえ？　そういう古い曲もやるのね。楽しみだわ。」

「ママは、ブラスバンド部のとき、どんな曲やったの？」

「コンクールは、クラシックの曲だったわね。あと、イベントでマーチを演奏《えんそう》したり、文化祭なんかでは、ジャズとかポップスもやったわよ。いまは、もう考えられないことだけど。」

「若葉《わかば》中学って、ブラスバンド部とか、ないんだよね。」

若葉中学だけではない。首都《しゅと》が北海道《ほっかいどう》に移転《いてん》してから、関東《かんとう》はめっきり人口が少なくなった。とくに子どもの数が減《へ》っているので、部活も人数があつまらなくなっているのだ。だから、いまは中学でも部活はあまりさかんではないらしい。それにむかしは、部活でつかう高い道具とか楽器《がっき》なんかを個人《こじん》で買ったっていうけど、あたしにはどういうことかよくわからない。楽器なんてどこにも売ってないし、学校や児童《じどう》センターの道具も、古いものをみんなで大事につかうのがあたりまえなのだから。

「沙良《さら》が、楽しそうにバンドやってくれてるのがうれしいわ。がんばってつづけてほしいな。沙良が元気で楽しくくらしてくれているのが、いちばんだもの。」

とママはわらった。

自分の部屋にもどってから、ちょっとだけ、練習しようと思った。ところが、カバンのなかのどこにも、楽譜《がくふ》がなかった。

「おかしいなあ。どこに入れたんだろ。せっかくわざわざプリントしてもらったのに。」

と首をひねったとき、急に思いだした。事務所《じむしょ》で楽譜を出力《しゅつりょく》してもらって、それを手にもったままトイレに入った。もしかしたら、トイレに忘《わす》れたのかもしれない。

その日は月曜日で、つぎの練習日は木曜だから、二日も間《ま》がある。あたしは、あした、とりにいこうと思った。

つぎの日の放課後《ほうかご》、児童《じどう》センターにいくと、忘れ物はすぐにみつかった。やっぱりトイレにおきわすれたみたい。だいじなものを忘れちゃったなんて、ちょっと自己嫌悪《じこけんお》。でも、事務室《じむしつ》にとどいていたのでほっとした。

お礼をいって、事務室の外にでると、舞奈《まいな》にばったりあった。ジャージ姿《すがた》で、首にタオルをひっかけている。じまんのストレートロングを頭の高いところでポニーテールにしていて、おくれ毛から汗《あせ》がしたたっていた。休憩中《きゅうけいちゅう》なのかな。

「どしたの、沙良《さら》。練習日じゃないでしょ？」

「きのう、忘《わす》れ物《もの》しちゃって。」

「そっか。ねえ、ちょっとあたしたちのダンス、見てかない？」

「うん、いいよ。」

あたしは、舞奈について、レッスン室に入っていった。なかには、四人の女子が舞奈と同じようなジャージ姿で、同じような髪型《かみがた》で、音楽にあわせて体をうごかしている。となりのクラスの子が一人いたけれど、あとの三人は知らない子だから、たぶん四年生なのだろう。

「友だちなんだ。ちょっと見てもらおうかなって。」

舞奈はダンスの仲間《なかま》にそういうと、一度音をとめてからセットしなおす。音楽がながれるとすぐに、五人が同じ振《ふ》りつけでおどりだす。ヒップホップ系《けい》のダンスだった。ママが、むかしは多くの人が路上《ろじょう》でおどっていたといってたことを思いだした。

五人とも、ダンスをはじめたばかりみたいで、まだうごきがあわないところもあるけど、楽しそうにおどっている。

いつしかあたしは、音楽にあわせて、左右の手でものあたりをたたいていた。これって、十六ビートなんだ、なんて思いながら。

曲がおわった。

「来年の三月に、表現系《ひょうげんけい》のサークルが、合同で発表会やるんだよね。それめざして、おたがいがんばろうね。」

といって、あたしはレッスン室をでた。そのとき、ふと、きょうはブルートパーズの練習日だなと思った。あたしは練習室のほうにいくと、そっとなかをのぞいてみた。

まず目にとびこんできたのは、ドラムをたたく女の子。となりの南小学校から自転車で通っているという子だ。ノースリーブのタンクトップに紺《こん》のキャップ。なんか、さまになってる。

ドアがしまっているので、小さな音しかきこえないけれど、かろやかなビートを感じ

ることができた。それに、手のうごきがあたしとはぜんぜんちがう。ちょっとした首ふりとかがかっこよくて、すこしのあいだ、見いってしまった。ガラスドアごしに、横むきの涼香《すずか》さんの姿《すがた》が見えた。たちさろうとドアに背《せ》をむけて歩きかけたとき、急に音が大きくなったので、思わず立ちどまる。

アップテンポでメリハリのきいた歌に、軽快《けいかい》なドラムが耳にとどく。それだけじゃない。ピアノっぽい音や、管楽器《かんがっき》みたいな音もある。コーラスは複雑《ふくざつ》で音程《おんてい》のくるいもない。男の人の声もまじっているような……。たった三人のバンドだとは、とても思えなかった。

ドラムの連打《れんだ》につづいて、クラッシュシンバルがグァシャーンと鳴ったところで、ふいに、音が消える。はっとしてふりかえると、目の前に漣《れん》が立っていた。

「森岡《もりおか》じゃん。」

「あ……。そっか、大原《おおはら》くん、バンドやってるんだっけね。」

「まあ、そうだけど、なにしてんの？」

「あ、その、忘《わす》れ物《もの》して。それから、舞奈《まいな》のダンス、見せてもらった。」

「あいつ、ダンスやってるもんな。じゃあな。」

トイレのほうにいきかけた漣《れん》に、あたしはうしろから声をかけた。

「バンド、おもしろい？」

「おもしろいよ。」

漣はふりむきながらいった。

「ドラムの子、かっこいいね。」

「ああ、友麻《ゆま》ね。南小なんだ。すげえよ、あいつ。」

というと、漣はかるく手をあげて、トイレに入っていった。

児童《じどう》センターの外へでたとたん、ずこんとおちこんだ。しばらくのあいだ、帽子《ぼうし》をかぶるのも忘れるぐらい。とちゅうで気がついてあわてて帽子をかぶる。

友麻って子、すごかったな。あの子にくらべたら、あたしなんて、ほんと、かんたんなことしかできてない。幼稚園児《ようちえんじ》と中学生ぐらい、レベルがちがう気がした。ちょっとほめられて、いい気になってた自分がばかみたいに思えてきた。

3 莉桜《りお》と涼香《すずか》

あたしは、ぐうぜん練習を見たことを、葵衣《あおい》に話した。

すると、葵衣が、ぽつりぽつりと話してくれた。

「ドラム、福島友麻《ふくしまゆま》っていうの。」

「葵衣、知ってるの？」

「莉桜《りお》ちゃんが池上《いけがみ》さんにきいたって。涼香《すずか》さん、まず大原《おおはら》くんをさそったらしい。」

「知りあい？」

「親戚《しんせき》。家も近いみたい。」

「そうだったんだ。」

「大原《おおはら》くんのお父さん、若《わか》いときに、アマチュアのジャズバンドでベースやってた。福《ふく》島《しま》さんのお父さんはバンド仲間《なかま》で、ドラムだったって。」

「じゃあ、親におそわったりできるんだ、二人とも。」

どうりでうまいわけだ。

「福島さんは、一人でドラム、練習してた。それを知った大原くんが、涼香《すずか》さんに紹介《しょうかい》したんだって。」

「それでかあ。ちらっときいただけだけど、迫力《はくりょく》があった。あと、ボーカルもうまかったよ。」

「音、はずれてなかったでしょ。」

「うん。莉桜《りお》ちゃんは、すごく歌がうまいけど、でもあの莉桜ちゃんだって、ときどき、音をはずすことがあるのに。」

「ブルートパーズのメインボーカルは、ボーカロイドなんだ。だから、音程《おんてい》、はずれない。」

あっ、と思った。そうか、あれがボカロをつかうって、ことなんだ。

ボカロはどんどん進化《しんか》して、人間の声と区別《くべつ》がつかなくなってきているし、ボカロのヒット曲も多い。北海道《ほっかいどう》で活躍《かつやく》してるプロのバンドでも、ボカロをつかったり、パソコンで音を合成《ごうせい》したりするのはふつうだ。けれど、音楽の授業《じゅぎょう》ではボカロにはノータッチなので、どんなふうにうたわせるのか、ぜんぜんわからない。それに去年まではミニバスケに夢中《むちゅう》だったから、音楽にはあまり興味《きょうみ》がなかったのだ。

「涼香《すずか》さんは、パソコンを操作《そうさ》していろんな音をかさねて、伴奏《ばんそう》にも厚《あつ》みをつくってる。けど、莉桜《りお》ちゃんはそういうんじゃないのをやりたいって。こんど、ちゃんときいてみよう。」

あたしは葵衣《あおい》の言葉に、うなずいた。ふだん、あんまり口数が多くないけど、葵衣ってしっかりしてる。

そのつぎの練習日。

「ちゃんと話さなくちゃって、思ってたんだ。」

と、莉桜ちゃんがいった。練習がおわったあとで、あたしが、ブルートパーズの演奏《えんそう》を、ぐうぜんきいてしまったと話したときのことだ。じつは、その日はかなり不調《ふちょう》で、まちがえてばかりいた。それというのも、どうしても友麻《ゆま》の演奏《えんそう》が耳によみがえってしまったからなのだ。

あたしたちは、ロビーにあるいすにすわって、ユーグリナジュースを飲みながら、これまでのことをきいた。

「あたしと涼香《すずか》は、一年生のときから同じクラスで、二人とも、音楽好《おんがくず》きだったの。で、四年生になったらバンドやろうってきめてた。四年のときは、三人ではじめた。あたしと涼香がボーカル。涼香はキーボードもやった。ベースは最初《さいしょ》はあたしが習った。あと、ドラムの子。五年になったとき、美宙《みそら》がくわわって四人になったんだ。美宙がベース担《たん》当《とう》になってからは、あたしはボーカル専門《せんもん》。だけど、ドラムの子が去年の秋に北海道《ほっかいどう》に転校しちゃって、また三人にもどった。」

あたしと葵衣《あおい》はうなずいた。北海道にいきたがる人は多い。首都《しゅと》があるから、政治《せいじ》も文化も商業も、すべて北海道が中心だ。それに、あっちのほうが空気もずっときれいだ。

「そしたら、ドラムはなくてもリズムマシンがあればいいって、涼香がいいだした。あのころから、すこしずつずれていったのかな。そのうち、あたしと涼香のあいだで、めざすものがはっきりちがってきちゃったんだ。最初《さいしょ》は、自分たちで楽器《がっき》を弾《ひ》きながらうたいたい、って思ってはじめたはずだったのに。去年の夏休み前ぐらいに、涼香《すずか》は、すこし古いものだけど、北海道《ほっかいどう》の親戚《しんせき》の人からボーカロイドをもらった。それから、ボカロがおもしろくなったみたい。」

「ボカロって、よくわからない。」

あたしがいうと、美宙《みそら》ちゃんがうなずきながら、

「だよね。ボカロをつかうアーティストはたくさんいるけど、小学生でつかえる子なんて、あんまりいないと思うよ。北海道ならともかく。」

と、いった。

「でも、涼香は、ボカロの音づくりに、はまっちゃったんだ。で、バンドにも、ボカロをとりいれようっていいだした。あたしは、ボカロとのコラボって、あんまり気がすすまなかったんだよね。たしかに、ボカロって、音はずさないし、リズムも正確《せいかく》。けど、それってなんていうのかな、イマイチ、おもしろくないって、あたしは思った。でも、涼香は、可能性《かのうせい》がひろがるって。そのうち、自分の声も加工したり、いろんな楽器の音《ね》

色《いろ》をだしたりするようになって。だけど、そんなんだったら、バンドの意味がないっていうか、一人でだってできるじゃん。」

「涼香《すずか》がおもしろがる気持ちもよくわかるんだ。けど、あたしもせっかくいっしょにやってるんだから、って思った。」

と、美宙《みそら》ちゃんが遠慮《えんりょ》がちにいった。

「だよね。あたしは、やっぱり自分で楽器《がっき》を弾《ひ》いて、みんなであわせてやりたかった。でもさ、ここでバンド活動するには、最低《さいてい》三人必要《ひつよう》でしょ。だから、涼香といっしょにつづけるしかないって思ってたんだけど……。」

莉桜《りお》ちゃんは、視線《しせん》を葵衣《あおい》にうつしてから、また口をひらいた。

「たまたま、ママにたのまれて葵衣の家にとどけものにいったの。それで、ぐうぜん、葵衣のギターきいちゃって。ギター弾けるってことは知ってたけど、そのときは、あたしもアコギは頭になかったから。でも、きいてびっくりした。すごくいいんだもん。」

葵衣は、てれたようにすこし顔を赤くした。

「それで、涼香さんたちのバンド、やめることにしたんですか？」

ときくと、莉桜《りお》ちゃんは首を横にふった。

「それでも、最初《さいしょ》は葵衣《あおい》を引きこんで、なんとかいっしょにやれないかなって思ったんだ。葵衣のギター録音《ろくおん》して、涼香《すずか》にきいてもらったの。でも、涼香は、ぜったい反対。アコギなんてあわないって。だから、あたしがやめることにした。」

「あたしも莉桜といっしょにやめることになって、空中分解《くうちゅうぶんかい》しちゃったの。」

「で、巴旦杏《はたんきょう》としては、あたしと美宙《みそら》と葵衣で、サークル登録《とうろく》はできるけど、やっぱり生《なま》のドラムがほしいってことになって、沙良《さら》をスカウトしたわけ。」

「莉桜もあたしも、音の厚《あつ》みとか完成度《かんせいど》では、ブルートパースに負けてることは、わかってる。けど、ボカロをつかうんじゃなくて、楽器《がっき》を演奏《えんそう》することを楽しみたいし、自分の声そのものをひびかせたい。あたしたちなりの、アコースティックサウンドをつくりたいんだ。」

莉桜ちゃんや美宙ちゃんの気持ちはよくわかった。だけどやっぱり、あたしと友麻《ゆま》とでは、力の差《さ》がありすぎることが気になる。だって、友麻のドラムは、涼香さんがつくる多彩《たさい》な音に、負けてないくらい迫力《はくりょく》があるのだから。

「あたしが足を引っぱってるんじゃないかって。」

ぽつりというと、三人は、同時に、

「そんなことない。」

といってくれた。

「巴旦杏《はたんきょう》にとって、沙良《さら》は欠《か》かせないメンバーだからね。キャリアの差《さ》をいっきに超《こ》えようとしてもむり。沙良は、ゼロからのスタートだもん。これから、どんどんうまくなってくだけだよ。」

莉桜《りお》ちゃんの言葉に、美宙《みそら》ちゃんも葵衣《あおい》もうなずいた。ちょっとうるっときた。必《ひつ》要《よう》っていってくれるのが、こんなにうれしいなんて。

その日、あたしは家に帰ってから、ママにこの話をした。

「ママは、どう思う？」

「なるほど、音楽性《おんがくせい》のちがいで、分裂《ぶんれつ》ってわけか。」

と、ママはわらった。

「もう、ちゃかさないでよ。」

「ちゃかしてないよ。いろんなグループが、そういうことでわかれたり、くっついたりしてきたんだから。ママが大学生のころだって、サークル内でも、ずいぶんいろいろあったのよ。」

「そうなんだ。」

「みんなが同じ色を好《す》きなわけじゃないからね。でも、ママは、莉桜《りお》ちゃんみたいな考え、好きかな。ボカロやパソコンで音をつくるのもいいけれど、みずからの手で楽器《がっき》を演奏《えんそう》する楽しみというのは、永遠《えいえん》のものだと思う。」

ママがそんなふうにいってくれたことが、あたしはうれしかった。でも、わざとさからってみた。

「でも、音、はずすよ。あたしなんか、リズムもしょっちゅうくるっちゃう。」

「それもいいんじゃない？　ボカロで打ちこんだ音は、なんどでも同じことができる。でも、見方をかえたら、いつも同じ。生《なま》であればあるほど、毎回音がちがったり、そのときどきのノリがストレートにつたわって、ちがう盛《も》りあがりかたをするし。」

「そんなもんかなあ。」

「もちろん、いろんなものがあっていいと思うけどね。それと、音楽って勝ち負けじゃないからね。」

たしかにそうだ。ゆったりした音楽が好《す》きな人、アップテンポがいい人、華《はな》やかな曲が好きな人、しずかな曲を好《この》む人、いろいろだし、そのときの気分によってもききたい音楽はかわる。どっちが勝ちとか負けとかあるはずはない。

「よーし、がんばるぞ。」

といいながら、あたしは、テーブルをたたいてリズムをとった。

六月はずっと同じ曲を練習した。何十年も前にはやったというバラードだ。あたしのドラムも、すこしずつ上達《じょうたつ》していった。とはいっても、友麻《ゆま》にくらべたら、まだ小学校一年生と中学生ぐらいの差《さ》がありそう。でも、はじめたころは、ライドシンバルとスネアと大太鼓《おおだいこ》を、同時に操作《そうさ》するのに四苦八苦《しくはっく》していたのが、ほかの太鼓やシンバルも鳴らせるようになった。クラッシュシンバルをきめたときなんか、快感《かいかん》だ。リズムのパターンもふえてきた。

練習は楽しかった。葵衣《あおい》はギターがすごくじょうずなのに、ちょっと天然《てんねん》なところがあって、ときどきボケをかます。すると、莉桜《りお》ちゃんのわらいがとまらなくなる。つられてみんなでわらって……。だから、みんな熱心《ねっしん》に練習しているのだけれど、けっこうわらいがたえないのだ。そうこうするうちに、夏休みが近づいてきた。

若葉小《わかばしょう》の夏休みは七月初めから八月のおわりまでの二か月。パパやママが子どものころより、長くなっているらしい。長くなったかわりに、週に一回、運動日《うんどうび》というのがあって、二学年合同で、学校の体育館にあつまって運動をする。健康《けんこう》をたもつために必《ひつ》要《よう》なことだし、ちゃんと出席《しゅっせき》しないと、体育の成績《せいせき》にも影響《えいきょう》する。

あたしたちは、夏休みに入ってすぐに、二曲目にとりくむことになった。三年ぐらい前にヒットした卒業《そつぎょう》ソングで、これもわりとスローな曲だ。最初《さいしょ》に、伴奏《ばんそう》なしでサビを莉桜ちゃんがうたいあげ、それから葵衣のギターソロになる。そして、じょじょに楽器《がっき》があわさっていく。けっこう好《す》きな歌だったので、うれしかった。

池上《いけがみ》さんが、

「来年三月の発表会が楽しみだね。個性《こせい》のちがうふたつのバンドの演奏《えんそう》がきけるんだから。」
と、いった。でも、来年の三月なんて、まだ半年以上《いじょう》も先の話だ。それより、ちゃんと人にきいてもらえる演奏《えんそう》ができるように、しっかり練習しよう、と思った。

八月最初《さいしょ》の運動日《うんどうび》のこと。体育館には、五年生と六年生あわせて、五十人ぐらいがあつまっていた。成績《せいせき》に影響《えいきょう》するといっても、欠席《けっせき》する子が何人かはいるので、全員というわけにはいかない。

その日は、ミニバスケをやることになった。あたしは、ひさしぶりにミニバスケがやれるというので、すごくはりきっていた。

後半の時間で、学年ごとにクラス対抗試合《たいこうじあい》をすることになり、まず、五年生男子がおこなった。女子たちの、応援《おうえん》する声が体育館にひびく。

「漣《れん》!」

と、舞奈《まいな》がどなった。ちょうど、ボールが漣にわたったところだった。たくみに相手チームのあいだをすりぬけ、ドリブルでゴール下までいった漣がシュートをはなつ。

「やったぁ！」

クラスの子たちが歓声《かんせい》をあげる。へえ、漣《れん》って、あんなにバスケじょうずだったんだ。けっこうなんでもできるタイプみたいだ。

「ブルートパーズの、ベースの子じゃん。あの子のベースって、どうなのかな。」

ききおぼえのある声にふりかえると、すぐうしろに莉桜《りお》ちゃんがいた。そういえば、あたしも漣が弾《ひ》くのをきいたことはない。前にブルートパーズの演奏《えんそう》をきけたのは、漣が練習室からでるために、ドアをあけたからだった。

漣はどれくらい弾けるんだろう。どんな音をだすのだろう。

その後、すぐにあたしたちの番になって、コートに入った。舞奈《まいな》といっしょにプレイするのもひさしぶりだったけれど、すぐに勘《かん》がよみがえってきて、コンビ復活《ふっかつ》という感じだった。とくいだったロングシュートもばっちりきめて、うちのクラスが快勝《かいしょう》した。

コートから引きあげてくると、莉桜ちゃんが拍手《はくしゅ》でむかえてくれた。そばに美宙《みそら》ちゃんも立っていた。

「沙良《さら》、さすが！　かっこよかったよ！」

思わず、笑顔《えがお》をかえす。ところが……。

「ドラムやってるの、この子なんでしょ。」

ちょっととがった声がした。涼香《すずか》さんだった。

「それが、どうかした？」

と、こたえた莉桜《りお》ちゃんの顔がけわしい。

「初心者《しょしんしゃ》なんだって？」

涼香さんの言葉が、ぐさっとつきささった。

「だれだって、最初《さいしょ》は初心者だよ。美宙《みそら》だって、一年ちょっとだけど、うまくなったし。」

「けど、うちのドラム、すごいよ〜。」

にやっとわらうと、つんと顔をあげて、涼香さんはいってしまった。

「やな感じ。」

莉桜ちゃんが、はきすてるようにいった。それからすぐに、

「気にしなくていいよ。沙良《さら》は、すっごくのびしろあるから。」

といって、ぽんと背中《せなか》をたたいた。けれどやっぱり、あたしがみんなの足を引っぱってるんじゃないかって思ってしまった。

六年生女子のゲームのとき、莉桜《りお》ちゃんと涼香《すずか》さんは同じクラスだから、同じチームとしてプレイをした。二人はけっしておたがいにボールをまわさなかった。そんなふうにぎくしゃくしていたから、莉桜ちゃんたちのクラスはあっさり負けてしまった。ゲームがおわってからも、二人は目をあわせようとしなかった。

バスケは楽しかった。でも、また前みたいにチームをつくって、毎日やりたいと思うほどではなかった。自分でも意外だったけれど、それより、もっとドラムをうまくなりたかった。

あたしは、夏休みのあいだ、だれよりも早く練習にいくことにきめた。

それからというもの、練習日のたびに、あたしは集合時間より三十分早くいって、ドラムをたたいた。メトロノームをセットすると、池上《いけがみ》さんにおしえてもらったことを思いだしながら、なんどもくりかえす。

お盆《ぼん》の時期は、児童《じどう》センターも一週間お休みになる。むかしはこのときに、里帰《さとがえ》りをしたってママはいうけど、若葉市《わかばし》には帰れる田舎《いなか》がある人なんて、ほとんどいない。

児童センターが休みなのがうらめしかった。家で、ひたすら机《つくえ》や、ハイハットシンバルに見たてた本棚《ほんだな》の縁《ふち》をたたく。ドン・タン・ドド・タンとか口でいいながらたたいていたら、さすがにママに怒《おこ》られたけど。

まちどおしかった練習の再開日《さいかいび》。いつものように、あたしは三十分前について、一人で練習をはじめた。ひさしぶりにほんもののドラムをたたける。うれしかったはずなのに、なぜかのれない。なんで、こんなかんたんなまちがいをするんだろう。ふーっとため息をついて、またはじめからやりなおす。

「沙良《さら》、ずいぶん早いじゃん。」

はっとして顔をあげる。いつのまにか、美宙《みそら》ちゃんがきていた。いつ、部屋に入ってきたのかも気がつかなかった。

「あ、おはようございます。」

「すごいがんばってるね。」

「だって、あたし、初心者《しょしんしゃ》だから。」

きゅっと唇《くちびる》をかむ。あのバスケの試合《しあい》をやった日に、涼香《すずか》さんにいわれた言葉だ。

でも、美宙《みそら》ちゃんは、くすっとわらった。

「あたしだっておんなじだよ。」

「でも、やっぱり、あたしがいちばんへただし。」

「けど、そんなふうに眉《まゆ》をよせて、ドラムたたいたって、楽しくないじゃん。」

「…………。」

美宙ちゃんは、あたしのうしろに立つと、きゅっと肩《かた》をつかんだ。

「ちょっときいてたけど、よぶんな力が入ってるって思った。だから、リズムがくるうんだよ。」

あたしは首をねじって美宙ちゃんを見あげる。

「楽しまなくちゃ。楽しいからやってるんだもん。涼香のいったことなんて、気にしなくていいんだよ。」

なぜだか、涙《なみだ》がじわっとにじんできた。おかしいな、あたし、ぜったい、泣《な》き虫《むし》キャ

ラじゃないのに。でも、そのときわかった。くやしかったんだ。涼香《すずか》さんの言葉が。

「べつに、わるい子じゃないんだよ、涼香って。けっこうまじめで一途《いちず》だし。気は強いけどね。」

美宙《みそら》ちゃんは、あたしの顔を見ないようにしてくれてる。気をつかってくれてるんだ。

涼香さんのことは、よく知らないけれど、たしかに気が強そうだ。でも、気が強いっていったら……。

「莉桜《りお》ちゃんも、気が強いよね。」

と、あたしはいった。

「うん。そうだね。けど、あの二人、すごく仲《なか》よかったんだ。小さいときから音楽が好《す》きで、いっつもバンドのことに夢中《むちゅう》で、二人で盛《も》りあがってた。」

「そう、なの？」

「うん。莉桜はちょっとキーボードできるでしょ。あれ、もともと涼香に習ったんだ。」

「そうだったんだ……。」

「ただ、どっちも負けん気が強いから、本気でけんかするようなこともあった。それでも、涼香《すずか》がボカロにはまるまでは、おたがいみとめあってた。声も対照的《たいしょうてき》で、莉桜《りお》の声はのびやかでよくひびく。涼香はちょっとハスキーでパンチがある。まあ、いまはボカロ中心みたいだけどね。でも、ボカロと、ドラムとベースとで、どんなサウンドになるのか、ちょっと楽しみなんだよね。」

美宙《みそら》ちゃんの言葉を、あたしは複雑《ふくざつ》な気持ちできいた。でも、ライバルの演奏《えんそう》を楽しみといえる美宙ちゃんって、大物《おおもの》だなって思った。

「莉桜と涼香、夏休みの運動日《うんどうび》のときも、口きかなかったでしょ。」

あたしはうなずいた。

「あのライバル意識《いしき》、はんぱないよね。でも、その気持ちの強さって、だいじなんだろうな。」

だとすると、やっぱりあたしが足手《あしで》まといなんじゃないだろうか。

「美宙ちゃんは、どうなの？」

「そりゃあ、ブルートパーズに負けたくない気持ちはあるよ。でも、バンドへの熱《あつ》い思いはみんな同じだと思うんだ。自分たちが楽しくて、きいてくれる人も楽しんでくれたら、最高《さいこう》だよね。そのために、努力《どりょく》する。沙良《さら》だってそう思うでしょ。こんなふうに早くきて練習してんだもん。」

「……あたしは、足を引っぱりたくなくて。」

と、つぶやいたとき、莉桜《りお》ちゃんと葵衣《あおい》が入ってきた。

「足を引っぱるなんて、そんなこと、ぜんぜんないよ。」

莉桜ちゃんがいった。

「うん。沙良、うまくなった。もともとリズム感がいい。」

と葵衣もいった。音楽がとくいな葵衣にそういってもらったのが、なんだかくすぐったかった。

4 見果《みは》てぬ夢《ゆめ》

夏休み最後《さいご》の土曜日。

「いまやってる曲もだいぶまとまってきたし、あと二、三曲、やりたいよね。あたしもさがすけど、みんなもさがしてみて。」

莉桜《りお》ちゃんがあたしたちを見まわしながらいった。

その日、練習時間がおわったあと、あたしは、池上《いけがみ》さんにたのんだ。

「すこし、いのこりして練習させてください。」

「いいけど、三十分は超《こ》えないようにね。」

「じゃあ、あたしものこる。」

ていから帰った。

と葵衣《あおい》がいった。莉桜《りお》ちゃんと美宙《みそら》ちゃんは、夏休みの宿題《しゅくだい》がおわってないからといって先に帰った。

あたしは、しばらく夢中《むちゅう》になってドラムをたたいていた。その音にあわせて、葵衣がギターをつま弾《び》く。あたしがリズムパターンやテンポをかえると、葵衣がそれにふさわしい曲を奏《かな》でてくれる。楽しそうに弾いてくれるのがうれしい。

急にドアがひらいた。はっとして、手をとめる。友麻《ゆま》だった。

「だれかと思った。」

といった友麻は、じっとあたしを見ている。なんだか急にはずかしくなった。

「一時からじゃないの?」

葵衣がきくと、友麻はちょっと眉《まゆ》をよせた。

「そっちこそ、十二時までじゃないの。」

あたしはあわてて、立ちあがった。友麻はあたしと同じ五年生だけど、むきあって立ってみると、けっこう背《せ》が低かった。丸顔でかわいらしい雰囲気《ふんいき》で、なにも知らなかったら、年下だと思ってしまうかもしれない。けれど、きりっとした目で、意志《いし》が強そうだなと思った。自転車をこいでくるのだから、あたりまえだけれど、長袖《ながそで》を着ているし、ヘルメットをもっている。

「三十分たったから、もうやめるし。」

友麻《ゆま》は、無言《むごん》のまま、あたしと入れかわる。

「帰ろう。」

と、葵衣《あおい》があたしの腕《うで》を引く。でも……。

「福島《ふくしま》友麻ちゃんだよね、南小の。あたし、森岡沙良《もりおかさら》。巴旦杏《はたんきょう》のドラムなんだけど、五月にはじめたばかりなんだ。」

「わかるよ、ちょっときけば。はじめたばっかりだって。」

思わず顔がほてった。くやしいけど、友麻の実力からすれば当然《とうぜん》なんだろう。

「あの、ちょっときいてていい？　友麻ちゃんのドラム。」

「好《す》きにすれば。」

友麻は、長袖のシャツをぬぐと、ひょいと部屋のすみにほうりなげた。タンクトップ姿《すがた》になった友麻は、体でリズムをとると、いきなりスティックをふりあげ、スネアをた

たいた。それから、タムタムやフロアタムを縦横《じゅうおう》につかいながら、アップテンポで連打《れんだ》する。リズムが正確《せいかく》だし、音そのものが、あたしのドラムとはちがって、よくひびいていた。バスドラムも力強い。

気がつくと、あたしも体でリズムをとっていた。あわせるように、葵衣《あおい》はギターをコードだけで鳴らす。

最後《さいご》に、クラッシュシンバルをたたいて、友麻《ゆま》が音をとめた。あたしは、思わず拍手《はくしゅ》してしまった。

「すごい。じょうずだね。」

「たいしたことない。本気でやるつもりだったら、まだまだだよ。」

本気でって、あたしが本気じゃないってことかな。でも、そう思われてもしかたない。

「もしかして、プロのドラマー、めざしてるとか？」

そうきくと、友麻は、なぜか眉《まゆ》をよせた。

「プロになりたい。なれるなら。けど、いまは音楽でプロなんて、すごくむずかしいから。っていうか、ここにいたんじゃ、ほとんどむり。」

といって、きゅっと唇《くちびる》をかむ。それから、ふーっとため息をつき、葵衣《あおい》にむかっていった。

「あんた、ギターじょうずだね。アコギも、わるくないよ。」

葵衣は、それにはこたえずに、あたしの腕《うで》を引っぱった。

「いこう。そろそろブルートパーズの人たちもくるよ。」

あたしは、あわてて、

「ありがとう。」

と友麻《ゆま》にいって部屋をでた。


リビングで、パパからおしえてもらったジャズの曲をかけながら、宿題《しゅくだい》をやっていると、ママが帰ってきた。

「ただいま。あら、ジャズ?」

「うん。だって、ドラムがかっこいいんだもん。」

「それ、パパの好《す》きな曲だね。」

と、いいながら、ママは冷蔵庫《れいぞうこ》から冷《つめ》たいお茶をとりだして飲む。ママは、週に三日間、植物工場《しょくぶつこうじょう》ではたらいている。そこで生産《せいさん》しているのは葉物野菜《はものやさい》だけれど、雑菌《ざっきん》とかが入らないように、防護服《ぼうごふく》のように全身をおおって仕事をするので、顔がほてるし息ぐるしくてたいへんらしい。

「ねえ、ママ。きょう、ブルートパーズのドラムの子と、はじめて話したんだ。」

「ブルートパーズって、沙良《さら》たちのライバルでしょ？」

「うん。でも、ドラムは、とてもライバルなんて、いえない。すごくじょうずなんだ、その子。ほんとはプロのドラマーになりたいらしい。」

「そっか。でも、音楽でプロになるのは、関東《かんとう》にいたんじゃむずかしいでしょうね。」

あたしはうなずいた。音楽専門《せんもん》の学校にいくにしろ、ちゃんとした先生につくにしろ、ここではとうていむりだ。首都《しゅと》がある北海道《ほっかいどう》なら、なんとかなるかもしれないけれど。

「ママは、やっぱりプロになりたいとか、思った？」

「プロか。見果《みは》てぬ夢《ゆめ》だわねえ。」

「みはてぬ？」

「かないっこない夢ってこと。子どものころは、夢見たものよ。アイドルになりたいとか、ミュージシャンになりたいとか。いまだって、もっともっと、実現《じつげん》できそうなことして、いろんなことを夢《ゆめ》見られたらいいのにね。」

ママは切《せつ》なそうに眉《まゆ》をよせてから、ため息をつく。暗《くら》くなりそうな気分をふりはらうように、あたしは明るい声できいた。

「ねえ、ママ。いま、コピーする曲、さがしてるんだけど、なにかいいのないかな。」

「むかしのでもいい？　ママが大学のころ、録音《ろくおん》した音源《おんげん》とかならいくらでもあるわよ。すこしきいてみる？」

「うん。」

あたしは、ママから借《か》りた音源データを再生《さいせい》して、びっくりした。ママはすごく歌がうまかったのだ。

夕《ゆう》ご飯《はん》の後、あたしがママの歌をききながら、ハミングであわせていると、

「お、玲《れ》美《み》さんの声だ。なんかなつかしいなあ。」

とパパがいった。玲美というのはママの名前。パパは、あたしの前でも、ママとかよばずに、玲美さんという。ちなみにママも、尚《なお》希《き》さん、とパパをよぶ。二人は大学時代の

同級生だ。

「しかし、沙良《さら》の声、玲美《れみ》さんに似てきたな。やっぱり親子だよなあ。」

「そうかなあ。あたしは、ママみたいにじょうずじゃないよ。パパに似《に》たのかと思ってるけど。」

そのとき、ママはちょうどお風呂《ふろ》に入っていた。

「まあ、玲美さんは、音楽にかかわる仕事をしたかったたくらいだからなあ。」

なぜかパパは、ちょっと悲《かな》しそうに顔をゆがめた。むかしの話をするとき、そんな表《ひょう》情《じょう》を見せることがよくある。けれど、すぐに笑顔《えがお》をつくって、

「でも、沙良だっていい声してるぞ。自信《じしん》もてよ。」

といった。

自信か。いつも莉桜《りお》ちゃんに同じことをいわれている。もっと堂々《どうどう》とやりなよ、とか。

「パパは、ママのバンドとか、生《なま》できいたの？」

「そりゃあ、きいたさ。玲美さんの声が大好《だいす》きだったよ。ライブでもファンがけっこういたしな。もっと、バンドつづけてほしかったな。どのみち、音楽どころじゃなくなっ

ちゃったけど。」

「昼間、見果《みは》てぬ夢《ゆめ》だっていってた。」

「そうか。」

パパは、かすかに眉《まゆ》をよせた。あたしはなぜか、友麻《ゆま》のことを思いだした。プロになりたい。でも、むりだと語った。あのとき、熱《あつ》い思いとあきらめとが両方つたわってきた。

「沙良《さら》は、どうなんだ？　将来《しょうらい》の夢とか、あるのか？」

「そんなのわかんないよ。まだ五年生だもん。っていうか、夢見て、それでどうするの？」

そうこたえると、パパの眉がますますよって、なんだかわるいことをしたみたいな気持ちになった。

「たしかに、関東《かんとう》じゃなあ。首都《しゅと》への移住《いじゅう》は、ますますむずかしくなってるし。」

北海道《ほっかいどう》に首都が移転《いてん》したとき、全国から、とくに関東から、大量《たいりょう》の人が移住した。でも、いまは制限《せいげん》があるから、実際《じっさい》に移住できる人はほんのひとにぎりだ。春と秋、年に二回の抽選《ちゅうせん》で当たるのは、年を追《お》うごとにむずかしくなっているし、もうしこめるのは一年に一度だけという超《ちょう》せまき門《もん》なのだ。もちろん、あえて関東《かんとう》に住みつづけることをえらんだ人もいる。家族《かぞく》に病人がいてうごかせないとか、住みなれたところをはなれたくないとか、いろんな理由《りゆう》で。

「来年の春は、北海道移住《ほっかいどういじゅう》、もうしこむの？」

「沙良《さら》の将来《しょうらい》のことを考えたらな。しかし、よほど運《うん》がよくないと……。」

首都《しゅと》にいければ、将来の可能性《かのうせい》はひろがるかもしれない。ここでは、えらべる仕事だってかぎられている。学校や病院《びょういん》とか市役所《しやくしょ》をべつとすれば、ショッピングモールのお店や、無菌《むきん》の植物《しょくぶつ》工場ぐらいしかないのだ。マスコミ関係《かんけい》も、本社はみんな北海道にあって、現地採用《げんちさいよう》はほんのわずからしい。パソコンをつかう仕事ならこっちでもできるけれど。音楽関係の仕事は首都に集中《しゅうちゅう》しているし、ライブ公演《こうえん》がおこなわれるのも、ほとんどが北海道だ。

あたしはまた友麻《ゆま》のことを考えた。正直《しょうじき》いって、あたしには、音楽でプロをめざすなんて気持ちはまったくないけど、本気でドラムやりたいなら、北海道にいきたいだろうな。

葵衣《あおい》は、どうなんだろう。それに莉桜《りお》ちゃんは？


その後も、友麻《ゆま》とはときどき顔をあわせるようになった。同じ五年生という気やすさもあったのか、話してみるとけっこうきさくな子で、おたがいの学校のことなんかも話したりした。南小は、若葉小《わかばしょう》よりずっと小さくて、どの学年も一クラスだという。

それから、ときどきは、葵衣のギターにあわせて、友麻がドラムをたたいたりする。

そんなとき、あたしは、フロアタムだけ借《か》りて、いっしょにたたかせてもらう。けっこう楽しかった。

それぞれのバンドが、とりくんでいる楽曲《がっきょく》の話もした。ブルートパーズが、いま練習しているのは、最近《さいきん》のヒット曲のカバーだった。

「ブルートパーズはリーダーの涼香《すずか》さんが、方向をきめるから。」

ぽつりと、友麻がいった。

それは、巴旦杏《はたんきょう》も同じだ。莉桜《りお》ちゃんは、いろいろみんなに相談《そうだん》してくれる。でも、バンドの方向性《ほうこうせい》については、莉桜《りお》ちゃんの言葉にしたがってきた。それを、いやだと思ったことはなかったけれど。

「でも、ブルートパーズ、うまいよね。大原《おおはら》くんのベースはきいたことないけど。」

「漣、なかなかやるよ。でも、葵衣《あおい》のギターのほうがすごいけど。プロになりたいの？」

と、友麻《ゆま》がいった。葵衣は、そのときもギターをつま弾《び》いていて、きょとんとした顔を見せてからつぶやいた。

「わかんない。」

はきはきものをいう友麻と、口数の少ない葵衣って、見た目も性格《せいかく》もぜんぜんちがうけれど、どこか似《に》ているところがある。全身で、音楽が好《す》きって語っている感じ。

二人はもちろん、漣もなかなかじょうずらしいので、あたしだけが、たいしたことないんだなと思うと、やっぱりへこみそうになる。

「アコギって、けっこう好きだな。もちろん、ブルートパーズのカラーにはあわないけどね。」

友麻がいうと、葵衣がうれしそうにわらった。こんなときの葵衣って、かわいい。

「友麻《ゆま》のお父さん、バンドでドラムやってたんでしょ？」

「らしい。でも、きいたことないし、おしえてもらったこともないよ。」

「え？　そうなんだ。」

「だから、あたしがドラムやりたいっていったら、びっくりしてた。ドラムなんかやってどうすんだって。パパは、音楽の話、したがらない。ここにくるのも、最初《さいしょ》は反対した。もちろんママも大反対。むかしとちがって自動車なんてもってないし、とちゅうの道もあぶないって。あたしが楽しいっていってるから、なにもいわなくなったけど、いまもほんとは反対なんだ。」

南小のほうには、ママの自転車のうしろにのって、一度だけいったことがある。とちゅう、廃墟街《はいきょがい》をとおるし、道もあまり整備《せいび》されていないから、ママからは、ぜったいに一人でこっちにきてはだめといわれたことを、ふと思いだした。友麻のおかあさんだって、反対するのがあたりまえかも。それでも、友麻はドラムをやりたかった。それだけ真剣《しんけん》なのだ。

あるとき、あたしは、ママの歌声を、葵衣《あおい》と友麻にきいてもらった。

「うまいね、だれがうたってるの？」

と友麻《ゆま》がいい、葵衣《あおい》もうなずいた。

「あたしのママ。」

「へえ？　でも、そういえば、沙良《さら》と声似《に》てるかも。」

「沙良、歌、うまいんだよ。」

と葵衣がいったので、あたしは、あわてて否定《ひてい》した。

「だめだよ、あたしなんか、ぜんぜん。」

「そうやって、自信《じしん》なさそうなの、だめだと思う。」

友麻はきっぱりといった。きついなあ、やっぱこの子。でも、それって、はげましてくれてる言葉かも、と思うと、おちこみそうな気持ちだけじゃなくて、すこしはうれしかった。

「あたしのママ、中学と高校のとき、ブラスバンド部でクラリネットふいてた。大学では、軽音楽部《けいおんがくぶ》でボーカルだったんだ。」

「そうか、いまは吹奏楽部《すいそうがくぶ》なんて、ないもんね。もしあったら、入りたかったな。ティンパニとか、どんな音がするのかな。」

と友麻《ゆま》がいった。ふと、ママが口にした、見果《みは》てぬ夢《ゆめ》という言葉が頭にうかんだ。

ときには、友麻と葵衣《あおい》と三人で、ちょっとだけいっしょに演奏《えんそう》したり、うたったりした。こんなふうに、土曜の隙間《すきま》時間に友麻と交流していることを、あたしも葵衣も、莉《り》桜《お》ちゃんたちには話さなかったし、友麻もほかのメンバーには話してないようだった。

5 歌の秘密《ひみつ》

残暑《ざんしょ》がいつまでもつづいて、ようやくすずしい風がふきはじめたのは、二学期がはじまって一か月以上《いじょう》もたった、十月中旬《ちゅうじゅん》だった。

あたしたちは、いま、三年ぐらい前にヒットした『七《なな》つ星《ぼし》』という曲を練習している。〈織《お》り姫《ひめ》〉というアイドルバンドの曲で、かなりテンポが速い。〈織り姫〉は五人組のガールズバンドだ。楽器演奏《がっきえんそう》もけっこうじょうずだという評判《ひょうばん》だった。オリジナルはエレキ系《けい》の楽器だけれど、あたしたちはもちろん、葵衣《あおい》のアコギを生かしたアレンジにする。そしてなんと、この曲にはドラムのソロがある！

「あたしたちならではの、アコースティックサウンドつくろうね。がんばってよ、沙《さ》

良《ら》。」

と、莉桜《りお》ちゃんにいわれてはりきったものの、どうしても、おいていかれそうになる。

これまで練習してきた曲はわりとゆっくり目だったから、なんとかこなせたのだけれど。

「沙良《さら》、ピッチ、わるいよ。」

といわれて、手もとがくるい、関係《かんけい》ないところで、クラッシュシンバルをたたいてしまった。グワシャーンと、派手《はで》な音がひびく。

「すみません！」

そんなことをくりかえしてばかりで、おちこんでしまった。

ドラムのほうは、おちこむことが多いけれど、コーラスは思ったより楽しかった。莉桜ちゃんがうたう主旋律《しゅせんりつ》に、あたしは、葵衣《あおい》や美宙《みそら》ちゃんよりもじょうずにハモれた。

「いいね。沙良、もっと思いきりうたって！」

と莉桜ちゃんにもほめられた。でも、あたしの本業《ほんぎょう》は、ドラムなんだから、もっともっと、がんばらなくちゃ。そう思って熱心《ねっしん》にドラムにとりくんでいた。それなのに……。

なんだかリズムにのれない。

「この曲はテンポが速《はや》いけど、最初《さいしょ》からもともとのテンポでやろうとしてもむりだよ。すこしテンポをおとして練習したほうがいいよ。」

と、莉桜《りお》ちゃんにいわれた。ついていけないことがくやしかった。なんとか本来のテンポでやろうとすると、かえってリズムがみだれてしまう。

練習がおわった後の三十分は自主練習。葵衣《あおい》はいつもつきあってくれる。あたしがとちっても、文句《もんく》はいわない。けれどそんなとき、すぐ手をとめる。葵衣の耳はごまかせない。

この曲になってからは、葵衣の手はとまってばかり。なんでもっとうまくできないんだろう。くやしかった。

ブルートパーズと練習日がいっしょの土曜日。いつものようにのこって練習していると、友麻《ゆま》がやってきた。

「あ、友麻。」

とわらいかけたが、なぜか、こわい顔してあたしをにらみつけた。それから、ぐっとあたしの腕《うで》をつかむ。

「がっちがち。基本忘《きほんわす》れてる。そんなんで、これ以上《いじょう》練習したってむだだから。」

友麻《ゆま》の言葉が、ぐさっと胸《むね》にささった。あたしは、練習をやめると、

「帰らなくちゃ。」

といって、いそいで荷物をまとめると、部屋をとびだした。児童《じどう》センターの外にでたところで、葵衣《あおい》に追いつかれた。

「沙良《さら》、帽子《ぼうし》！　マスク！」

はっとして、あわてて帽子をかぶり、マスクをする。夏ほど日ざしは強くないけれど、太陽《たいよう》がまぶしかった。

「言葉はきついけど、あれ、友麻のやさしさ、だと思う。」

唇《くちびる》をかみしめて、小さくうなずいた。わかってる。だから、くやしいし、自分がなさけなかった。

「あせったって、しかたない。沙良は沙良。」

「うん。ありがと。」

といってわらう。ほんとは泣《な》きたい気分だったけど。友麻も、葵衣も、うまくできない

あたしの気持ちなんて、きっとわからない……。

つぎの練習日、あたしははじめて、バンドの練習を休んだ。葵衣《あおい》には、ママが歯医者《はいしゃ》の定期検診《ていきけんしん》の予約《よやく》をしてしまったからと、うそをいった。もしかしたら、うそだと思われたかもしれないけれど、でもたぶん、葵衣はそのままつたえてくれる気がする。

その日、あたしはひさしぶりに廃墟《はいきょ》公園にいった。

廃墟公園というのは、もちろん、ほんとうの名前じゃない。むかし、大きな団地《だんち》だった建物《たてもの》の内壁《ないへき》の一部をとっぱらったり、部分的《ぶぶんてき》に天井《てんじょう》をぶちぬいたりして、広い空間をつくった、屋内公園だ。上階には植物《しょくぶつ》が植《う》えてあるし、ベンチもおいてある。中階は、ペットコーナーで、この日も、お年寄《としよ》りが二人、犬を遊ばせていた。

住民《じゅうみん》たちのいこいの場所にするはずだったのに、建物の外観《がいかん》が古びていて、外から見ると、いかにも廃墟って感じのためか、あんまり人気《にんき》がない。でも、あたしはここがけっこう好《す》きで、低学年のころは、よく遊びにきていた。夕方はちょっとぶきみだけれど、日が高いうちは、大きな窓《まど》から光が入って、花も咲《さ》いている。いまは、コスモスとキクの花がきれいだ。

あたしはベンチにすわって、窓《まど》ごしに空を見つめた。基本《きほん》、忘《わす》れてる、という友麻《ゆま》の言葉がよみがえった。たしかにそうだ。速《はや》くスティックをうごかそうと、指先にも腕《うで》にも肩《かた》にもよぶんな力を入れて。そんなあたしを、友麻はひと目で見ぬいたんだ。やっぱり、レベルがちがいすぎる。

ふーっ、とため息をつく。そのとき、かすかな足音がきこえた。はっとしてふりかえると……。

「森岡《もりおか》……きょう、練習日、じゃなかったっけ？」

目をまるくしてあたしを見ているのは、漣《れん》だった。

「……大原《おおはら》くんこそ、なんでこんなとこに？」

「あ、おれ、ここ、よくくるんだ。」

「そっか。」

「森岡は？」

「ここからのながめ、けっこう好《す》き。きたのは、ひさしぶりだけど。」

「そうじゃなくて。……友麻《ゆま》が、心配してた。」

「なにかきいたの？」

「ときどき、顔、あわせてたんだってな。で、友麻、このあいだ、いいすぎたって。」

「関係《かんけい》ないじゃん。ちがうバンドなんだし。」

言葉がとがってつっけんどんないい方になってしまった。でも、漣《れん》は怒《おこ》ったりしなかった。

「あいつ、音楽に一途《いちず》だからさ。わるぎはないんだよ。それに、けっこう根性《こんじょう》あるって。森岡《もりおか》のこと、そういってた。おかしいよな、南小のあいつのほうが、よくわかってるなんて。おれ、同じクラスなのに。」

あたしはふっと息をはく。もしかして、漣って、いいヤツかも。それでも、やっぱりすなおにはなれない。

「大原《おおはら》くんも友麻も、お父さんがバンドマンだったんでしょ。素質《そしつ》がちがうんだろうな。」

「そんなの、関係ねえよ。友麻はともかく、おれは、はじめたのちょっと早かっただけだし。」

「けど……。」

「そうだ。森岡《もりおか》、歌うまいんだってな。友麻《ゆま》がそういってた。」

「友麻が？」

「そっちも、がんばってみればいいじゃん。おれも、森岡って、いい声してると思うし。」

歌？　たしかに、莉桜《りお》ちゃんたちにも、ほめられたけれど、巴旦杏《はたんきょう》のメインボーカルは莉桜ちゃんだし……。


漣《れん》や友麻にいわれたから、というわけじゃない。それに、巴旦杏のボーカルは莉桜ちゃんだ。でも、もっと歌もがんばってみようかな、と思った。どのみち、コーラスでうたうのだから。

あたしは、ママに発声練習のやり方をおしえてもらった。ふしぎなもので、大きな声をだす練習をしているうちに、すこしずつ、いらいらとあせる気持ちがなくなっていった。思いきり声をだすのが、こんなに楽しかったなんて。

あたしは、ママが学生時代に録音《ろくおん》した曲もずっとききつづけていた。そのなかで、とても気になった曲があった。ゆったりとしたテンポのバラードで、ギターの伴奏《ばんそう》に歌だけ。でも、メロディーラインがとてもきれいなのだ。この曲、葵衣《あおい》のギターと、ベースやドラムも入れてやれるだろうか。

「ねえ、ママ、これ、いい曲だね。だれかのコピー？」

ときくと、ママは一瞬《いっしゅん》、はっとしたように、目を見ひらいた。

「どこでみつけたの？」

「どこって、ママがくれた音源《おんげん》データに入ってたけど……。」

「そっか。のこってたんだ。」

「のこってたって？」

ママは、なぜかすこしいいよどんだ。

「……これは、わたしたちのバンドの、オリジナル。『忘《わす》れられた歌』っていうの。」

「オリジナルってことは、だれかのコピーとかじゃないんだ。」

「そうよ。わたしの先輩《せんぱい》がつくった曲で、ユーチューブにアップしたら、あっというまにアクセスがふえたなあ。もちろん、それでメジャーデビューしたとか、そういうわけじゃないわよ。でも、一時は、そうとう話題になってね。けっこうカバーもされたし。」

ママは、なつかしそうにいった。

あたしは、別《べつ》バージョンの演奏《えんそう》がのこってないか、パソコンでさがした。アクセスが多かったのなら、だれかが演奏している動画《どうが》がのこっていて、なかには、バンド演奏もあるかもしれないと思ったのだ。

ところが、『忘《わす》れられた歌』という曲は、どうしてもみつからなかった。


あたしは、その音源《おんげん》をもっていって、みんなにきいてもらった。

「へえ？　フォークソングっぽいっていうか、けど、すてきなバラード。いいじゃん。」

まず莉桜《りお》ちゃんがいった。

ながれる歌にあわせて、サビの部分を口ずさむ。


♪ぼくは、忘《わす》れない、あの日のことを、あの歌を。

いつかきっと君《きみ》にとどくだろう。この歌声が。

「沙良《さら》、おぼえちゃってるんだ。」

美宙《みそら》ちゃんがわらった。葵衣《あおい》は葵衣で、もうギターでできとうにあわせている。

「じゃあ、これ、やろうよ。バンド演奏《えんそう》してる音源《おんげん》とか、さがしてみるね。」

莉桜《りお》ちゃんの言葉に、あたしは、

「あ、でも、あたしもさがしたんだけど、みつからなかった。」

と、あわてていった。

「ええ？　ぜんぜんはやらなかったのかな、いい歌なのに。」

「動画《どうが》サイトにアップされたときは、アクセスがたくさんあって、カバーもされたらしいんだけど、アマチュアバンドだったからかなあ。」

そのとき、葵衣が遠慮《えんりょ》がちにいった。

「ちょっと考えてみても、いい？　アレンジ、あたしが。」

「もちろん。最初《さいしょ》は、葵衣にまかせるから、そのあとで、みんなで意見をだしあって考えよう。」

莉桜《りお》ちゃんがそういうと、葵衣《あおい》はにっこりわらった。

つぎの練習日のこと。

「いちおうしらべてみたけど、やっぱり音源《おんげん》なかったね。パパやママも、なんかきいたことある気がするけど、わからないって。沙良《さら》、もうちょっとおかあさんにきいてみてよ。」

と、莉桜ちゃんにいわれた。

でも、葵衣の考えたアレンジには、あたしたちはみんな満足《まんぞく》した。ドラムの入るところは、ワンコーラスが完全《かんぜん》におわってから。あくまでしずかな感じで、スネアやハイハットシンバルをメインにして、さざ波《なみ》のように鳴らすイメージだ。

四人であわせてみた。

「いいね、いい感じ。」

美宙《みそら》ちゃんが目をかがやかせた。きいたときにはいい曲だと思っても、やってみるとのれないこともあるらしい。ところが、これは、巴旦杏《はたんきょう》にぴったりだね、ということで、意見が一致《いっち》したのだ！

その日の夜、あたしはママにきいてみた。

「ねえ、あの『忘《わす》れられた歌』っていう曲、ネットの動画《どうが》で、音源《おんげん》さがせないんだけど。」

一瞬《いっしゅん》、ママの表情《ひょうじょう》がこわばった。でも、眉《まゆ》じりをさげて、切《せつ》なそうにわらった。

「それは、そうでしょうね。」

「どして？」

「だって、忘れられた歌だもの。」

「もう、つまらない冗談《じょうだん》いわないでよ。」

「冗談じゃないわ。歌のタイトルそのままに、忘れられた歌なのよ、あれは。」

「どういうこと？」

「あれをつくったのは、わたしの先輩《せんぱい》だって話したでしょ。その人は、ふたつ上の先輩で、サークルのなかで、いちばんセンスのある人だった。沙良《さら》がきいた録音《ろくおん》は、先輩がギターを弾《ひ》いて、わたしがうたった。でも、動画サイトにアップしたのは、先輩が自分で弾《ひ》きがたりでうたったもの。もともと、男の人の立場でうたうラブソングだから。」

「そうだね、ぼくは忘《わす》れない、ってうたってるもん。」

といったけど、ラブソングなのかどうかは、よくわからなかった。具体的《ぐたいてき》に、好《す》きだとか、愛《あい》してるとかって言葉はでてこない。

「切《せつ》ない恋《こい》の歌を書いたのだけど、そのあとで、先輩は、ほんとうに、つきあっていた人と会えなくなっちゃったの。」

「……なんで?」

「日本海西部大地震《だいじしん》で。帰省《きせい》していた恋人とわかれわかれになった。交通が壊滅的《かいめつてき》な打《だ》撃《げき》をうけて。」

「………。」

あたしが生まれるすこし前の大地震と、その翌年《よくねん》の火山の噴火《ふんか》。それが結局《けっきょく》、日本をいくつもの地域《ちいき》に分断《ぶんだん》することになった。

「切ない思いをうたったあの歌はね、メロディーラインがきれいで、ちょっと有名《ゆうめい》なミュージシャンがカバーしてくれて、そのときは、みんなでよろこんだっけ。でも、そのあとで、ネットの動画《どうが》は、すべて削除《さくじょ》されてしまったの。」

「……なんで？」

「大地震《だいじしん》のとき、原発《げんぱつ》の事故《じこ》があって、西日本の一部が汚染《おせん》された。それでもあとのことを考えれば、まだましだった。つぎの年に中部地方の火山の同時噴火《ふんか》で、複数《ふくすう》の原発が事故をおこして、本州《ほんしゅう》の広い地域《ちいき》に、放射能《ほうしゃのう》をまきちらすことになったでしょ。それがきっかけで、首都《しゅと》が北海道《ほっかいどう》に移転《いてん》した。」

あたしは、こくっとうなずいた。首都移転は、あたしが生まれる三年前のことだ。

「それが動画が消されたことと、どう関係《かんけい》するの？」

「あの歌には、〈同じあやまちをくりかえす、おろかなぼくたち人間は〉なんて歌詞《かし》もあったから、世の中をまどわす歌だって思われてしまったの。みんなで一致団結《いっちだんけつ》して危機《きき》に立ちむかわなければならないときに、政府《せいふ》を批判《ひはん》しているなんて、けしからんって、ネットでそんなことをいいだす人がでてきた。それで、あるとき突然《とつぜん》、先輩《せんぱい》の動画も消されたし、カバーもなくなってた。そして、だれもうたわなくなった。」

「だから、忘《わす》れられた歌、なんだ。」

「悲《かな》しいことに、まったく耳にしなくなると、ほんとうに忘《わす》れられていくのね。わたしも、このあいだ、沙良《さら》がみつけるまで、長いあいだ、この曲のことを忘れていた。」

「なんで、忘れられるのかな。いい歌なのにな。」

「そうね。こんなすてきな歌だったのにね。好《す》きな人はたくさんいたはず。でも、大きな流れがつくられてしまっているときに、ちがうことをするって、なかなかできないものなの。それに、この歌は、当時の人にとっては、悲しいできごととセットになっているようなものだった。悲しいことをいつも記憶《きおく》して生きるのは、つらいことだから。」

「ねえ、ママ、あの録音《ろくおん》、野外でしょ？」

「そうよ。いまは、もう考えられないけれど。外で演奏《えんそう》するの、楽しかったよ。ブラスバンドでも、商店街《しょうてんがい》をパレードしたり。野外ステージは、音をきかせるには、マイナスな面《めん》もあるけれど、開放感《かいほうかん》があって、楽しかったな。」

「見果《みは》てぬ夢《ゆめ》だね。」

ママは、あたしの肩《かた》をそっとだいて、ごめんね、とつぶやいた。

6 漣《れん》のキモチ

すこしずつ、冬が近づいていた。町の街路樹《がいろじゅ》はまだ散《ち》ってないけれど、朝夕めっきり冷《ひ》えこむようになっていた。

「日本は四季《しき》があるとかっていうけど、春と秋ってほんと、短いよね。むかしはそうじゃなかったらしいけど。」

と、美宙《みそら》ちゃんがつぶやく。あたしはうなずいた。

「うちのママも、同じこと、よくいってる。」

二十一世紀になって、温暖化《おんだんか》がすすんでいるっていわれているけれど、むかしにくらべて気温がすごく高くなったわけではないらしい。夏は極端《きょくたん》に暑《あつ》くなる日が何日かつづいたり、いきなり集中豪雨《しゅうちゅうごうう》になったりする。台風は大きいまま上陸《じょうりく》するし、竜巻《たつまき》も年々ふえている。冬は冬で、暖冬《だんとう》だと思っていると、関東《かんとう》地方でドカ雪《ゆき》が降《ふ》ったりする。つまり、変化《へんか》がはげしいのだ。それに、いちばんすごしやすい春や秋は、あっというまにすぎてしまう。

くらしにくくなったってママはいう。けれど、あたしたちにとっては、春と秋が短いのも、毎年のように上陸する大型《おおがた》台風も、あたりまえといえばあたりまえのことだ。

むだな力を入れないように気をつけながら、ドラムをたたいていると、

「沙良《さら》、いい感じで力ぬけてきたよ。」

と美宙《みそら》ちゃんにいわれた。自分でも、軽い気がすると思っていたので、うれしかった。

そんなある日のこと、休憩《きゅうけい》時間に練習室の外にでると、漣《れん》にばったり会った。

「あれ？　どしたの。きょう、練習の日じゃないのに。」

漣はすこしあわてたように、

「あ、うん。その、ちょっと忘《わす》れ物《もの》して。」

あたしはくすっとわらった。前に忘れ物をしたとき、ブルートパーズのことが気に

なって、そっとのぞいてみたことがある。もしかして、漣《れん》も？　なんて思ったのだ。

「漣でも、忘《わす》れ物《もの》するんだ。」

「そりゃあ、するよ、たまには。それよか、ドラムがんばってるみたいだな。」

「うん。がんばってる。」

とこたえると、漣はにっこりとわらった。その笑顔《えがお》をみて、なぜだかちょっとドキッとした。


そのつぎの練習日、あたしは、また漣を見かけた。ドラムをたたいていたときに、ガラスのドア越《ご》しに、よぎるのが見えたのだ。それも、二度も。

休憩《きゅうけい》時間に漣をさがしたが、見あたらなかった。けれど練習を再開《さいかい》した後、もう一度、漣の姿《すがた》が見えた。あたしは、

「ごめんなさい。」

といって演奏《えんそう》をやめると、ドアのところまで歩いて、思いきりあけた。

「漣！」

漣《れん》はドアの陰《かげ》にかくれるように立っていた。なにごとかというふうに、莉《り》桜《お》ちゃんたちもでてきた。

「この子、ブルートパーズの子だよね。」

美《み》宙《そら》ちゃんがとがめるようにいい、莉桜ちゃんも大きな声をだした。

「なにこそこそしてんの。もしかして、あたしたちのこと、さぐってたの？　涼《すず》香《か》の命《めい》令《れい》？」

「ちがう。おれは、ただ……。」

「ただ、なによ。ただのスパイだっていうの？」

あたしはあわてて、わってはいった。

「やめて。漣はそんな子じゃないから。」

「あの、なかで話そうよ。」

すこしのんびりした口《く》調《ちょう》で、葵《あお》衣《い》がいって、あたしたちは、部屋のなかに入った。

「あんたもくるのよ。」

莉桜ちゃんが命令するようにいうと、漣はすなおにしたがって、ついてきた。

「大原《おおはら》くんとは、五年ではじめて同じクラスになったけど、いい子だよ。」

あたしがそういうと、

「この子が、あたしのかわりか。」

と美宙《みそら》ちゃんがわらった。

「ちがう。」

漣《れん》がみょうにきっぱりいった。

「ちがうって。だって、ベースでしょ。」

「サウンドがちがうから。ベースも、ちがう。」

「そりゃあそうだけどさ。で、なにしてたの？　練習日でもないのに、部屋の外でうろうろして。」

「……きいてた。ドア越《ご》しだから、音は小さいけど。」

「なんのために？」

莉桜《りお》ちゃんに問《と》いつめられて、漣はうつむいておしだまる。すこしのあいだ、だれも口をきかなかった。葵衣《あおい》だけが、いつものように、小さな音でギターをかき鳴らしている。

「漣《れん》。スパイなんかじゃないって、いいなよ。」

あたしの言葉に、漣はようやく顔をあげた。

「巴旦杏《はたんきょう》より、ブルートパーズのほうがレベルが上だ。歌は音程《おんてい》はずさないし、ドラムはぜんぜんうまい。葵衣《あおい》のギターがうまいのはみとめる。でも、ベースは、おれだって負けてない。」

「なによ、じまんしてるの？」

「ちがう。けど、おれ……好《す》きなんだ、巴旦杏の演奏《えんそう》。一か月ぐらい前にぐうぜんきいて……。アコギや生《なま》の声だけなのも、いいなって。っていうか、自分で弾《ひ》いてる楽器《がっき》が音を奏《かな》でてるのが、なんか楽しそうだなっていうか……。」

あたしたちは、顔を見あわせた。それから最初《さいしょ》に、莉桜《りお》ちゃんが、ぷっとふきだした。

「おっかしな子。けど、沙良《さら》がいい子だっていうから、しんじるよ、あんたの話。」

「漣、きいてけば？」

葵衣がいった。

「いいのか？　なかできいて。」

「いいよ。でも、涼香《すずか》たちには、ぜったいに秘密《ひみつ》だよ。」

あたしたちは曲のとちゅうから、演奏《えんそう》を再開《さいかい》した。

ところが、いきなり、ギターがはずれた音をだす。美宙《みそら》ちゃんがふきだす。

「葵衣《あおい》、場所ちがう。」

「へっ？」

とあたしたちを見まわしたときの、葵衣のぼけっとした顔がおかしくて、あたしもついふきだしてしまったけど、葵衣一人が、きょとんとしてる。

「あ、ごめん。」

気をとりなおしてはじめたら、いきなりマイクがハウリングをおこして、なぜかこんどは莉桜《りお》ちゃんのわらいがとまらなくなった。なみだ目になりながら、莉桜ちゃんはカウントをとり、ようやく演奏がはじまった。漣《れん》は、体で拍子《ひょうし》をとりながら、ベースの低い音が鳴るたびに足ぶみをしたりして、ほんとうに楽しそうにきいていた。

しばらくして、美宙ちゃんが、手をあげて曲をとめる。それから、ストラップをはずして、漣《れん》にベースギターをわたした。

「ちょっと、やってみなよ。はやった曲だから、知ってるでしょ。」

そのとき、なぜか漣はぽかんとした顔をむけた。

「どしたの？」

「いや、すぐに曲がとまったから。」

「えっ？」

「……涼香《すずか》さんがボカロとめないかぎり、音楽、つづくし。」

すると、莉桜《りお》ちゃんがくすっとわらった。

「あたしたちは、生演奏《なまえんそう》だもん。」

はじめてあわせるというのに、漣はけっこううまく弾《ひ》いていた。ただ、弾く人が一人かわると、全体の雰囲気《ふんいき》もすこしかわる。どっちがいいとかわるいとかじゃなくて、それがおもしろかった。

演奏がおわってから、漣は礼儀《れいぎ》正しく、頭をさげた。

「ありがとうございました。」

「お礼なんていいよ、べつに。楽しかったんなら。」

莉桜《りお》ちゃんがこたえる。

「おれ、ブルートパーズも好《す》きだから。ただ、アコースティックもわるくないなって……。」

「いいわけしなくたっていいから。また遊びにおいで。ただし、涼香《すずか》にはないしょだよ。」

莉桜ちゃんは、にやっとわらった。

それから一週間後、漣《れん》はもう一度やってきた。そのとき、あたしたちは、『忘《わす》れられた歌』の練習をしていた。

「いい曲だな、これ。すげえいい。」

すこし興奮気味《こうふんぎみ》に、漣がいった。そして、またききにくるといって帰っていった。

でも、漣が、あたしたちの練習をこっそりききにくることはなかった。涼香さんにばれてしまったのだ。

昼休みに、あたしが図書室にいると、葵衣《あおい》がとびこんできた。

「沙良《さら》!」

そして、なにもいわずに、あたしの腕《うで》を引っぱる。

「どしたの?」

けれどやっぱりちゃんと説明《せつめい》もしないで、ただ、

「きて!」

と、いって走りだした。しかたなしについていくと、廊下《ろうか》のすみのほうで、だれかがなにかいいあらそっているみたいだった。

「そんなの知るわけないでしょ! 本人にきけばいいじゃない!」

莉桜《りお》ちゃんの声だった。なんで莉桜ちゃんが五年の教室《きょうしつ》のそばにいるんだろう。近づいていくと、莉桜ちゃんと涼香《すずか》さんが、けわしい顔でにらみあっていた。そのあいだに、こまったような顔で、漣《れん》が立っている。

「すみません、おれがわるいんです。」

「漣はわるくない。莉桜がさそったんじゃないの? アコースティック、いいでしょ、とかいっちゃって。漣のこと、仲間《なかま》に引きこむつもり?」

「わけないでしょ。うちには、美宙《みそら》っていうベーシストがいるんだから。」

「漣《れん》は器用《きよう》だから、キーボードとか、させる気だったんじゃないの？」

「ありえない。発表会の練習、四人でやってるの、わかってるでしょ。」

と、莉桜《りお》ちゃんは、つんと顔をそむけた。

あたしは、三人に近づくと、小声で漣にきいた。

「ねえ、どしたの？」

「巴旦杏《はたんきょう》、ききにいったの、ばれちゃって……。」

漣はぽつりといって、うなだれた。

「とにかく、漣はわたさないからね！」

「うちは、ベーシストはまにあってるっていってるでしょ！」

二人の声がますます大きくなった。

「もうよしなよ、涼香《すずか》も、莉桜も。」

と、いつのまにきたのか、美宙ちゃんがわってはいった。それから、美宙ちゃんは二人を交互《こうご》に見てから、目を漣にうつして、

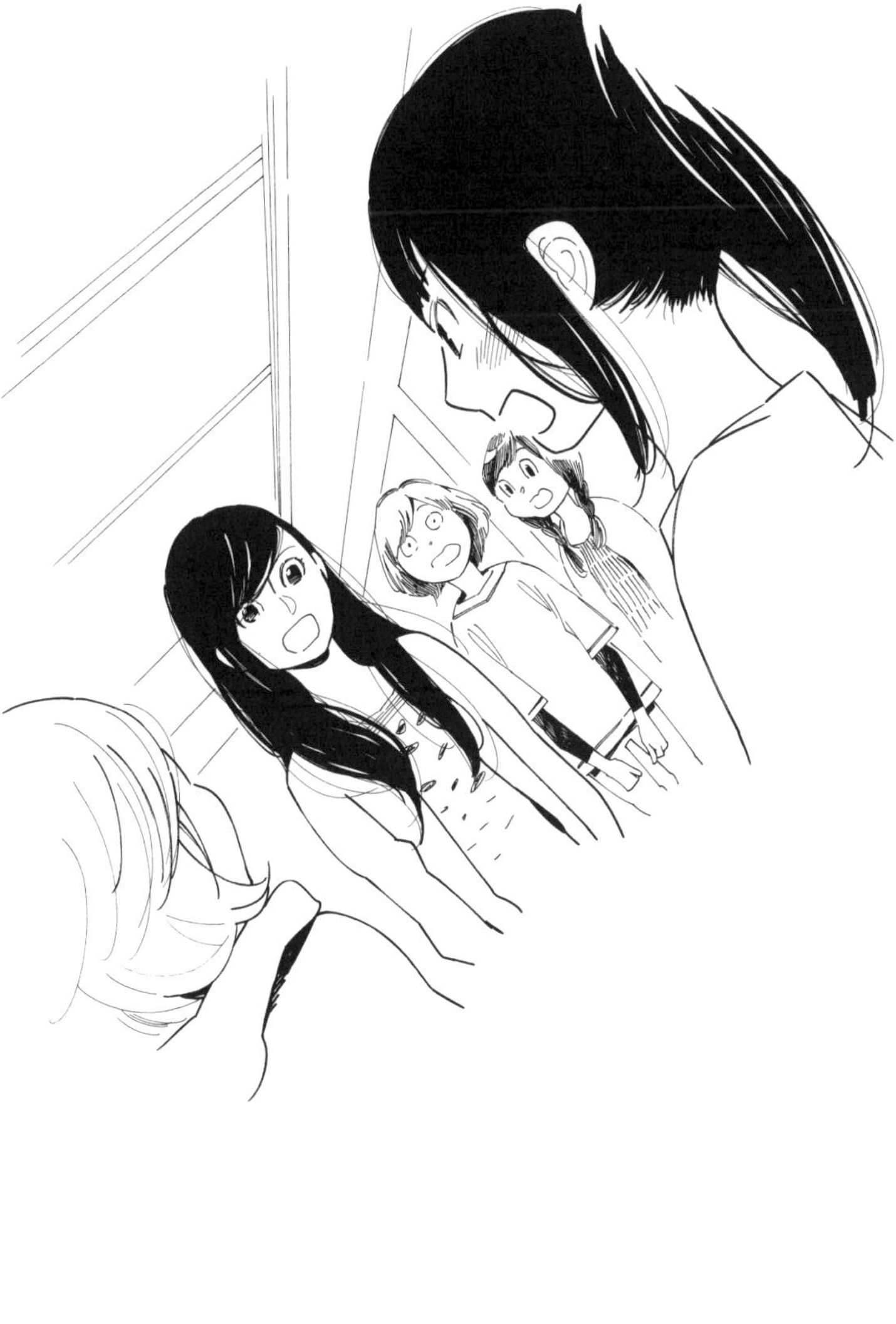

「莉桜《りお》は、その子を引きぬく気なんて、ない。あんただって、そんなつもりないでしょ。あんたはブルートパーズのメンバーなんだから。」

と、おちついた声でいった。漣《れん》は、なぜかちらっとあたしを見てから、こっくりとうなずいた。

「すみません。ちょっと、ききくらべてみただけで。おれ、もう、巴旦杏《はたんきょう》をききにはいかないから。」

「そうだね。そのほうがいいよ。」

と、莉桜ちゃんもいった。

その日の帰り道、とちゅうの交差点《こうさてん》に、漣が立っていた。

「漣……家、こっちじゃないよね？」

「あ、うん。いや、そうだけど。っていうか、いまは、森岡《もりおか》のこと、まってた。ちょっと話があるんだけど。」

漣はあたしがうなずいたのを見て、ゆっくり歩きだすと、道をまがった。その道は、通学コースからはすこしはずれていたけれど、漣がどこにいこうとしているのかは、すぐにわかった。

「廃墟《はいきょ》公園に、いくの？」

「いやか？」

あたしは首を横にふった。そういえば、前に廃墟公園で漣《れん》にあったな、と思った。しばらく歩いていくと、公園の古びた外壁《がいへき》が見えてきた。

「まさに廃墟って感じだよな。むかしは、この団地《だんち》だけで、百以上《いじょう》の家族《かぞく》が住んでいたらしいけど、なんかしんじられねえよな。」

「そうだね。でも、ここはちゃんと除染《じょせん》されてるから。」

若葉《わかば》市内には、前は人が住んでいたのに、いまはだれもいなくなった家やマンションがいくつもある。そんな家がかたまっている場所は、廃墟街《はいきょがい》とよばれていた。廃校になってただ古びていくだけの学校とか、だれもいなくなった病院《びょういん》もあった。廃墟街のほうは除染も不十分《ふじゅうぶん》だ。

あたしと漣は、公園のなかに入ると、上階まであがった。

「おれ、けっこうここ好《す》きなんだよね。ながめもいいし。森岡《もりおか》も、そういってただろ？」

「うん。前はよくきてたよ。あ、それと、沙良《さら》でいいよ。」

森岡《もりおか》なんてよばれるのが、ちょっとかたくるしく感じたからだけど、なぜか漣《れん》は、すこし顔を赤らめた。

「だって、あたしも漣ってよんでるし、漣も、舞奈《まいな》のことは舞奈ってよんでるじゃん。」

「それは、むかしからよく知ってたし。まあ、どうでもいいけど、きょうは、わるかったな。」

「漣のせいじゃないよ。」

「けど、巴旦杏《はたんきょう》の演奏《えんそう》、きけるようになったのは、森……岡の、おかげだったから。」

「あたしも、もう、ききにきてもらえないと思うと、ちょっと残念《ざんねん》、かな。」

「残念？」

「漣が、あたしたちの演奏に興味《きょうみ》もってくれたの、うれしかったんだ。」

「おれも、もっとききたかった。もちろん、巴旦杏のメンバーになりたいとかってのとはちがうけど、うちと雰囲気《ふんいき》ちがうんだよな。サウンドだけじゃなくて、まちがっても楽しそうだったりするのもいいなって。手作り感っていうか、温《あたた》かみがあるんだよな。

それぞれの楽器《がっき》が、からみあってるなって思った。あと、ボカロのデジタル音は、軽妙《けいみょう》でノリがいいんだ。速《はや》いテンポのリズムも正確《せいかく》にきざむ。けど、なんていうのかな、ピントのあいすぎた写真みたいで。それに対して、巴旦杏《はたんきょう》の演奏《えんそう》は、背景《はいけい》をぼかした写真っていうか、それがかえって立体的《りったいてき》で、ずんずんって体にひびく感じがする。とくに低音が。」

そういいながら、漣《れん》は、なにかを思いだすみたいに、ゆったりとしたテンポで、太もものあたりにこぶしを打ちつける。

「ちょっとわかる気がする。ブルートパーズの演奏って、正確でかろやかだもんね。」

「だよな。巴旦杏の音は、リズムもとちゅうでかわったりしちゃうけど、それが味があるっていうか。それに、このあいだの曲、すげえよかったし。あの歌のことも、知りたいって思ったんだ。うちではできっこねえけど、おれも演奏してみたいな、って。」

「あれ、『忘《わす》れられた歌』っていうの。ずいぶん前の歌なんだよ。」

「ずいぶん前って、いつごろ?」

「ママが、大学生のころの歌。でも、いまはほんとに、みんなが忘れてしまった歌なんだって。」

あたしは、ママが話してくれたことを、かんたんに漣《れん》につたえた。

「もったいねえなあ。っていうか、くやしいよな。忘《わす》れられてしまうなんて。おれ、なんか、サビが頭からはなれなくて。もっと、みんなに知ってもらえたらいいのに。」

「だね。」

「そうか。おれ、あの歌きいたとき、なんでかわからないけど、ここにきたくなったんだ。」

外は風がふいている。ここで風を感じることはできないけれど、木々《きぎ》がゆれているのが見える。なんとなく漣の気持ちが、わかる気がした。あたしは、小さな声で歌を口ずさむ。

「そこのメロディー、いいよな。あと、この曲に豊田《とよだ》のギター、あってたよなあ。あいつのギター、すげえよ。楽器《がっき》がうたうって、ああいうのをいうんだよな。緩急《かんきゅう》があって、あれは生楽器《なまがっき》ならではのサウンドだなって思ったし。」

「漣、もしかして、葵衣《あおい》のギターきけないのが残念《ざんねん》なんじゃないの？」

葵衣《あおい》は、ほんとうにギターがうまいし、音楽のセンスもすごくいい。音楽好《ず》きの漣《れん》が、ひかれるのもむりはない。

「そんなんじゃねえよ。」

漣はまたすこし顔を赤らめた。

「葵衣って、よべばいいよ。」

「ばか。じゃあ……沙良《さら》、先にいくぞ。」

漣がかけおりるのを、あたしはあわてて追《お》いかけた。ここはきらいじゃない。けど、日がかたむいてきた時間に、一人のこされるのはごめんだ。

漣と廃墟《はいきょ》公園にいったつぎの日。ちょっとしたニュースがとびこんできた。なんと、児童《じどう》センターのクリスマス会で、音楽サークルは、一曲だけ演奏《えんそう》できることになったのだ。もちろん、メインはケーキを食べたり、ゲームをやったりする会だけれど、三月の発表会の前に、日ごろの活動の成果《せいか》を見せられることになったので、あたしたちは、はりきって練習した。

クリスマス会では、トップバッターの合唱《がっしょう》サークルが、クリスマスソングでもりあげた。二番手のあたしたちは最初《さいしょ》に練習したバラード曲を演奏《えんそう》した。ちょっとまちがえたけど、まあまあうまくできてほっとした。

最後に登場したブルートパーズの演奏がはじまった。それは、なんと『七《なな》つ星《ぼし》』だった！

主旋律《しゅせんりつ》をうたっていたのは、ボーカロイドで、ちょっとアニメっぽい女の人の声。巴《は》旦杏《たんきょう》が練習しているのとは、まったく雰囲気《ふんいき》がちがっているし、テンポもあたしたちよりずっと速い。伴奏《ばんそう》も音色《ねいろ》が多彩《たさい》で複雑《ふくざつ》だった。しかもリズムも音程《おんてい》も、正確《せいかく》でくるいがない。

ふたつのバンドをくらべると、ブルートパーズのほうがだんぜん目立っていた。涼香《すずか》さんの音づくりの力を見せつけられた気がした。それに一歩もひけをとらなかったのが、友麻《ゆま》のドラムソロ。すごくかっこよかった。

「南小の子のドラム、うまかったね。すごい。」

なんてみんながささやいていた。それをきくと、やっぱりへこんでしまった。

けれど、それより問題なのは、ブルートパーズと練習曲がかぶったことだ。これまで、あたしたちがとりくんできた曲は、『忘《わす》れられた歌』をふくめて四曲。三月の発表会では、そのうち、三曲をえらんで演奏《えんそう》することになっていたが、『七《なな》つ星《ぼし》』は欠《か》かせないと、メンバーのだれもが思っていたはずだ。

莉《り》桜《お》ちゃんは、池上《いけがみ》さんをつかまえると、

「どうして、ブルートパーズも同じ曲をやってるっておしえてくれなかったんですか？」

と、くってかかった。その剣幕《けんまく》に、ふたつのバンドのメンバーがあつまってきた。

「え？　べつに自分たちがやりたい曲をやれば、それでいいじゃないか。」

と池上さん。でも、莉桜ちゃんは速攻《そっこう》でいいかえした。

「やだ。同じ曲やるなんて、考えらんない。」

すると、涼香《すずか》さんも、きっぱりといった。

「こっちだって。だから、三月の発表会は、『七つ星』は、どっちもなしってことでいいよね。」

「おいおい、ちょっとまてよ。同じ曲を、ちがうアレンジで演奏をするのも、いいんじゃないのかな。」

と池上《いけがみ》さんがとりなしたけれど、莉桜《りお》ちゃんも涼香《すずか》さんも、顔をそむけたままだった。

ほかのメンバーは、なにもいえなかった。やがて、莉桜ちゃんたちは池上さんに背《せ》をむけて、自分の席《せき》にもどっていく。けれどあたしは、ぽつりと池上さんがつぶやくのをきいてしまった。

「まったくなあ。去年はあんなに仲《なか》よかったのに。」

それで、足をとめて、こっそりきいてみた。

「あの、それって莉桜ちゃんと、涼香さんのことですか？」

「そうだよ。二人とも負《ま》けん気《き》が強いからね。けど……。」

そのとき、あたしのそばにいた葵衣《あおい》がきいた。

「池上さん、わざとおしえなかったの？」

「お。葵衣は、なかなか勘《かん》がするどいじゃないか。莉桜たちも来年の春には卒業《そつぎょう》だろ。できれば仲《なか》なおりしてから卒業してほしかったんだよなあ。だから、三月の発表会では、一曲ぐらい合同演奏《えんそう》できないかな、なんてさ。けど、個性《こせい》がちがいすぎるから、どだいむりだったのかもしれないな。」

池上《いけがみ》さんがたちさったあとで、葵衣《あおい》がぽつりとつぶやいた。

「同じ曲やるの、どうしてもだめかな。」

「えっ？」

「巴旦杏《はたんきょう》、『七《なな》つ星《ぼし》』はずすと、軽快《けいかい》なもの、なくなるよ。」

たしかに、葵衣のいうとおりだ。

「だよね。ひとつの曲でも、ぜんぜんちがう表現《ひょうげん》ができるってこと、きく人にもわかってほしいし。なんとかしたいね。」

葵衣はにっこりわらってうなずいた。

あたしは、漣《れん》をつかまえると、

「ねえ、相談《そうだん》があるんだけど、友麻《ゆま》をつれてきてよ。一階のロビーでまってるから。」

と、小さな声でいった。それから、葵衣と二人でぬけだして、一階のロビーにいった。

あたしと葵衣は、まず、友麻に、『七つ星』をやりたいかどうか、きいてみた。

「そりゃあ、やりたいよ。ノリがいいし。ほとんど仕上《しあ》がっているんだから。」

「おれだってやりたい。」

と漣《れん》もいった。すると、葵衣《あおい》がきっぱりといった。

「やろう。同じ曲を。ちがった演奏《えんそう》で。」

「けど、リーダーは涼香《すずか》さんだもん。」

友麻《ゆま》が眉《まゆ》をよせたけど、すぐに葵衣が、力強くいった。

「それは、こっちも同じ。がんばって説得《せっとく》しよう。」

「もし、それがうまくいったら、あたしからも、提案《ていあん》があるんだ。」

三人が、なに？　というふうにあたしを見た。

「『七《なな》つ星《ぼし》』がOKだったら、お正月《しょうがつ》がすぎてから最初《さいしょ》の練習日に話す。ちょうど土曜日でしょ。あたしと葵衣はいのこりするから、二人は、すこし早くきてほしいんだ。」

「わかった」

と友麻がいうと、漣も、すぐにうなずいてくれた。

7 忘《わす》れられない『忘れられた歌』

年内の最後《さいご》の練習日に、あたしたちは莉《り》桜《お》ちゃんを説得《せっとく》した。どうしても、『七《なな》つ星《ぼし》』をやりたいといったのだ。美宙《みそら》ちゃんも、

「やっぱり、一曲はテンポのいい曲ほしいし、こっちはこっちらしい演奏《えんそう》をすればいいじゃん。」

と、いってくれた。莉桜ちゃんは唇《くちびる》をきゅっとかんで、しばらくだまっていた。それから、ぽつりとつぶやく。

「多数決じゃ、負けるね。」

「ちがうよ。莉桜。あたしたち、莉桜にもちゃんと、なっとくしてほしいんだ。莉桜が

気がすすまないんなら、やめてもいい。」

美宙《みそら》ちゃんの言葉にあたしたちも小さくうなずいた。そのとおりだと思ったのだ。だれかがむりにがまんするなんて、いやだもの。

「わかった。ほんとは、あたしだって、すてるのはくやしかった。じゃあ、あたしたちらしいサウンドをつくろう。」

美宙ちゃんがにっこりわらう。葵衣《あおい》もあたしも、こんどは思いきりうなずいた。それから、四人でハイタッチした。

池上《いけがみ》さんには、あたしと葵衣で話しにいった。

「そうか。じゃあ、三月の発表会では、『七《なな》つ星《ぼし》』をちがうアレンジできけそうだね。楽しみにしているよ。じつはぼくは、一月と二月はお休みさせてもらうから。」

「えっ？」

「おふくろが足の手術《しゅじゅつ》をすることになって、介護休暇《かいごきゅうか》をとるんだ。」

「そうですか……。たいへんですね。」

「命にかかわる病気じゃないから心配しなくていいよ。だから、ぼくがいないあいだも、しっかり練習して、成果《せいか》を見せてくれよ。」

と、池上《いけがみ》さんはわらった。


そのつぎの日の夕方、漣《れん》があたしのうちまでやってきた。そのとき、ママは仕事ででかけていて、あたしは一人で留守番《るすばん》をしていた。ドアチャイムが鳴って、モニターを見ると、なんと漣が立っていた。あたしが、ドアをあけるとすぐに、

「こっちは、『七《なな》つ星《ぼし》』、ＯＫだ！」

といった。

「こっちもだよ。よかった。」

「おれ、とにかく、それつたえたくて。沙良《さら》のべつの提案《ていあん》、気になるけど、そっちは来年、四人いっしょのとき、きくから。じゃあな。」

漣はそれだけいうと、かけだしていく。あたしは漣の背中《せなか》にむけて大きな声でいった。

「漣！　ありがと！」

漣はふりむかなかったけど、腕《うで》をあげて手をふってくれた。

お正月《しょうがつ》はのんびりすごした。冷凍《れいとう》おせち料理《りょうり》が食卓《しょくたく》にならぶ。けれど、黒豆《くろまめ》だけは、ママの手作り。ママと中学、高校ともいっしょだった友だちが、北海道《ほっかいどう》の黒豆をおくってくれたのだ。その人のことは、あたしも電話でなんども話したことがあるので、顔もよく知っている。自分には子どもがいないからといって、あたしのことを気にかけてくれて、小学校に入学したときは、お絵かき用に、電子《でんし》ノートをおくってくれた。

もっとも、いまの大人《おとな》は結婚《けっこん》していても、子どもがいない人が多い。子どもはみんな、ひとりっ子ばかりだ。お兄さんやお姉さんが小さいころに亡《な》くなったという子も、すこしはいるけれど。

黒豆はふっくらとしておいしかった。

「黒豆はね、魔《ま》よけの力があるんですって。丈夫《じょうぶ》に健康《けんこう》でくらせるようにって願《ねが》いがこめられてるの。」

とママ。

「まめにはたらく、だろ。」

とパパ。

「じょうぶで健康《けんこう》じゃなくちゃ、まめにはたらけないでしょ。」

「じゃあ、とにかく、たくさん食べるよ。」

「そうだ、たくさん食べろ。沙良《さら》が健康なのが、おれたちにとっていちばんうれしいことだもんな。」

おなべにたくさんつくった黒豆《くろまめ》は、すぐになくなった。

「よく食べたなあ。」

とパパにあきれられたけど、あたし、まめに練習して、もっともっとドラムをうまくなりたいって思った。そして、来年もバンドをやるんだ。

でも、来年、だれと？　莉桜《りお》ちゃんも、美宙《みそら》ちゃんも卒業《そつぎょう》してしまうのだ。

今年最初《ことしさいしょ》の練習日。まず『七《なな》つ星《ぼし》』の練習をした。この曲にはドラムのソロが入る。

「沙良、いちばんの見せ場だよ。がんばって。」

「うん、がんばる。」

とは、こたえたものの、けっこうプレッシャーだ。なにしろ、同じ曲をブルートパーズもやるのだから。友麻《ゆま》に差《さ》をつけられそう。

「沙良《さら》は沙良だよ。」

莉桜《りお》ちゃんがいった。目があうと、にっこりわらった。そうだよね。人とくらべたってしょうがない。友麻のまねなんて、いまのあたしにできっこないのだ。自分なりに一《いっ》生懸命《しょうけんめい》やればいい。

「楽しくやらなきゃ、だよね。」

「そうそう。」

それからの練習は、とても楽しかった。四人の息があってきたな、と思う。

練習がおわってから、葵衣《あおい》と二人で、すこしのこって復習《ふくしゅう》をしていくというと、

「つきあおうか?」

って莉桜ちゃんにいわれてしまった。

「だいじょうぶ、むりしないし。ちょっとだけだから。」

と、あわててこたえる。

「そう、じゃあ、先に帰るね。」

莉桜《りお》ちゃんと美宙《みそら》ちゃんが帰ったので、思わず胸《むね》をなでおろす。

それからすぐに、友麻《ゆま》がやってきた。

「ブルートパーズも、『七《なな》つ星《ぼし》』をやることになったって？　これで、みんなにもきき
くらべてもらえるね。」

とあたしがいうと、友麻はびっくりしたような顔をした。

「なんで知ってるの？」

「あたしもはじめてきいた。」

と葵衣《あおい》がいったので、ちょっとあわてた。

「たまたま、漣《れん》にきいたから。」

そうこたえたところに漣がやってきたので、あたしはどぎまぎしてしまった。漣、葵
衣には話してなかったのか……。

でも、あたしの願《ねが》いは、それだけではないのだ。と思っていると、ちょうど漣が、

「提案《ていあん》って、なんだよ。」

ときいたので、視線《しせん》があたしにあつまった。

「いま、話そうと思ってたんだ。でも、その前に、友麻《ゆま》にきいてほしい曲があるんだ。」

「きいてほしい？」

「あたしたちが練習してる曲なんだけど……ちょっとやるからきいてみて。『忘《わす》れられた歌』っていうの。」

「沙良《さら》、どういうつもりだよ？」

「あたしがうたう。莉桜《りお》ちゃんみたいにうまくないけど。葵衣《あおい》がギター弾《ひ》いて。漣《れん》も、もしもあわせられたらてきとうにあわせてよ。」

あたしはそういうと、ゆっくりとうたいはじめた。葵衣はとまどいながらも、すぐにギターで伴奏《ばんそう》をしてくれたし、漣もところどころ、ベースを入れる。最初《さいしょ》のうちは、あたしがなにを考えているのかわからない、というふうに首をかしげていた友麻は、いつしか真剣《しんけん》に耳をかたむけてくれていた。

そして歌がおわるとすぐに、友麻がいった。

「いい歌だね。メロディーラインが、すごくきれい。あたしも、やってみたいな。」

「そりゃあ、むりだよ。巴旦杏《はたんきょう》がやる曲、おれたちがやるわけにはいかねえよ。」

「そのことで相談《そうだん》なんだ。」

「だから、なんなの？」

と、友麻《ゆま》はすこしいらいらしたようにいった。

「これ、三月の発表会で、巴旦杏とブルートパーズとで、いっしょに演奏《えんそう》できないかなって思ったんだ。」

「どういうことだよ。」

「ほら、池上《いけがみ》さんも、一曲ぐらい、合同演奏できないかなって、いってたでしょ。だから、アンコール曲として。」

「そんなの、できっこないよ。涼香《すずか》さんと莉桜《りお》さんって、犬猿《けんえん》の仲《なか》だろ。」

「だから、いっしょにやることはないしょにしておくの。練習はそれぞれのグループでべつべつにやる。でも、あたしたち四人が、ときどきいっしょに練習しておけば、当日もうまくいきそうな気がするんだ。つまり、六年生には、秘密《ひみつ》にしておくってわけ。もちろん、涼香さんが、この曲を気に入ってくれれば、なんだけど。」

「スローな曲だけど、メロディーがきれいだし、案外《あんがい》、涼香《すずか》さんも気に入るかもしれない。けど、なんのために？」

と友麻《ゆま》がきいた。すると、ずっとだまっていた葵衣《あおい》が口をひらいた。

「沙良《さら》、もしかして、二人を仲《なか》なおりさせるつもり？」

「どういうこと？」

あたしは、友麻と漣《れん》に、美宙《みそら》ちゃんからきいたことをかんたんに話した。

「そういうのって、よけいなお世話《せわ》なんじゃないのかな。」

と友麻がいった。

「でも、もうすぐ卒業《そつぎょう》でしょ、六年生は。っていうか、最後《さいご》の一曲ぐらい、みんなであわせてみたいなって。莉桜《りお》ちゃんたちのためじゃなくて、あたしがそう思ったんだ。」

「おい、そろそろ、涼香さんがくる時間だぞ。」

「いけない。帰らなくちゃ。ねえ、来週までちょっと考えてみて。」

それだけいうと、あたしは葵衣といそいで片《かた》づけて、練習室をとびだした。

ロビーで帽子《ぼうし》をかぶってから外へでると、道の先のほうから、涼香さんが歩いてくるのが見えた。

「あぶなかったぁ。」

というと、葵衣《あおい》がくすっとわらった。

「沙良《さら》、あたしは、賛成《さんせい》。みんなでやりたい。」

「ありがと、葵衣！」

たぶん漣《れん》もそう思ってくれるんじゃないかな。友麻《ゆま》は、どうだろう。あたしは空を見つめて両手をにぎりあわせて祈《いの》った。

——友麻が賛成してくれますように……。

そうしたら、きっとうまくいく。そんな気がしたのだ。


一週間がまちどおしかった。それなのに、つぎの土曜日、練習がおわった後、友麻と漣をまっているうちに不安《ふあん》になってきた。そういえば漣は、学校で会ってもなにもいってくれなかった。まさか、反対なのかな。あの曲、すごく気に入ってたのに。早くきてほしいような、顔をあわせたくないような……。なんだかおちつかない気分で、ドアのほうばかり見てしまう。

やがて、先週と同じに、まず友麻《ゆま》がやってきて、それからすぐに漣《れん》もきた。

「考えてくれた？」

ときくと、友麻はあたしから漣に視線《しせん》をうつしてから、きいた。

「漣はどう思う？」

「おれは……友麻が賛成《さんせい》なら、賛成だ。」

「なに、それ。」

「っていうか、おれだけが賛成したんじゃだめだと思った。だから、沙良《さら》や葵衣《あおい》にも、この一週間、このことは、話さないでいた。」

そうだったんだ……。

「あたし、よけいなおせっかいは、やくべきじゃないと思う。あたしたちに関係《かんけい》ないじゃん。」

「じゃあ、反対なのか？」

ときいたのは漣だった。

「そうせかさないでよ。けど、あの曲いいし、ブルートパーズも、たまにはああいうのをやってみてもいいと思うんだ。それに……沙良《さら》が、みんなでいっしょにやってみたいっていったの、ちょっとわかる気がした。だからやってもいい。ううん、やってみたい。」

「ほんと？　ありがと！　友麻《ゆま》。」

「ちょっとまてよ。けど、問題もあるだろ。ベースは、おれ、おやじの古いのがあるから二本でもいいけど、ドラムセット、ここにはひとつしかないんだよ。それ、どうする？」

「それは……。」

　できればドラムをやりたい。でも、友麻と二人で、同時にドラムをたたくことはできない。だけどやっぱり、みんなで演奏《えんそう》したい。

「ドラムは、友麻がやればいい。あたしは、フロアタムをたたくから。」

「それで、ほんとうにいいなら、やってもいい。」

「だけど、涼香《すずか》さんを説得《せっとく》しなきゃなんねえよな。」

と漣《れん》がつぶやく。するとまた友麻が口をひらいた。

「その前に、ひとつ提案《ていあん》があるんだ。」

「提案《ていあん》？」

「あたしがドラムやらせてもらえるなら、沙良《さら》はボーカルをがんばってほしい。もちろん、莉桜《りお》さんもだし、涼香《すずか》さんもボーカルの練習するから、ユニゾンになるけど、自分がメインボーカルをやるつもりで練習して。この曲にかぎってはボカロをつかわない。それが、あたしの提案。」

「賛成《さんせい》。」

と葵衣《あおい》がいって、漣《れん》がうなずく。けど……。

「あたしが、ボーカル？」

「いい声してるじゃん。沙良。」

「そうかなあ。あんまり自信《じしん》ないけど。」

「それ、あんたのわるいところだよ。もっと自信もたなくちゃだめだよ。」

友麻《ゆま》ってほんと、はっきりした子だ。でも、友麻のいうとおりなのだ。自信がないって、あんまりかっこよくないなって、自分でも思った。

「おれも、沙良の声、好《す》きだけどな。」

といわれて、漣《れん》のほうをむく。けれど、目があうと、すぐにそらされてしまった。

「たいへんなのは、ブルートパーズのほうだよね。あたしたちは、もともとやるつもりでいるから。気に入ってくれるかな、涼香《すずか》さん。」

「涼香さんの説得《せっとく》は、なんとかするよ。だいじょうぶだよ、きっと。」

友麻《ゆま》がだいじょうぶだというと、ほんとうにだいじょうぶなんじゃないかって、気がしてきた。

「わかった。じゃあ、OKがでたら、おたがい、ばれないようにがんばろう。あとは当日のサプライズということで。」

「よっしゃ。がんばろう。」

四人でハイタッチしてから、あたしと葵衣《あおい》は、この日もあわてて外にとびだした。

巴旦杏《はたんきょう》のほうは、『忘《わす》れられた歌』をアンコールにしようという提案《ていあん》だから、すんなり納得《なっとく》してもらえた。問題は、ブルートパーズだ。正直《しょうじき》いって、イメージがちがう。曲を気に入ってくれたとしても、ボカロをつかわないことに、涼香さんは賛成《さんせい》してくれないかもしれない。

友麻《ゆま》はだいじょうぶだっていったけど……。

教室で漣《れん》と顔をあわせても、なぜか視線《しせん》をさけられた。もしかして、説得《せっとく》、うまくいってないのかな。

そんなふうにして、数日がすぎた日の昼休み。

漣によばれて、あたしと葵衣《あおい》は、教室の外にでた。階段《かいだん》の踊《おど》り場《ば》で、漣はあたしたちを交互《こうご》に見る。かたい表情《ひょうじょう》。

「だめだったの？」

ときくと、ふいに漣は、表情をくずした。それから、手で◯《マル》をつくる。あたしは、思わず、漣の腕《うで》をひっぱたいてしまった。

「もう、思わせぶりなんだから。」

漣は、あたしがたたいた腕のあたりをさすりながらいった。

「曲は、気に入ってくれた。最初《さいしょ》は涼香《すずか》さん、いい曲だけどうちのテイストじゃないっていってたんだ。けど、友麻が説得しちゃった。あいつ、すごいなあ。理屈《りくつ》で涼香さんのこと、納得《なっとく》させたんだから。」

「理屈《りくつ》でって？」

「ブルートパーズのカラーとはちがったことがやれるのも、アンコールならでは、だとか。ゆっくりとした曲もできることを証明《しょうめい》したい、とか。でも、巴旦杏《はたんきょう》の人にも、見せつけてやりたくない？　というのがきいたみたいだけど。」

「よかったぁ。あとは、おたがいがんばらないとね。あと、アンコール曲は当日まではぜったい秘密《ひみつ》にする、ということにしとかないと。」

こうして、巴旦杏とブルートパーズとで、同じ曲を、同じテンポで、同じアレンジで練習することになったのだった。ただし、それは五年のメンバーだけの秘密。

毎週土曜は、五年生だけの合同練習だ。毎回毎回、二人でいのこるとあやしまれるので、一度帰るふりをしてから、もどったりしたこともある。そんなふうにしながらも、曲がすこしずつ仕上《しあ》がっていくのが楽しかった。

三月の発表会が一か月後にせまった二月半《なか》ば。役所から帰ってきたパパが、ママにいった。

「玲美《れみ》さん、若葉市《わかばし》の北海道《ほっかいどう》への移住割当《いじゅうわりあて》は、来年度の春期は三世帯《せたい》だけだそうだよ。あさって十四日がしめきりだから、いちおうだしておいたけど。」

北海道に移住を希望《きぼう》する人はたくさんいて、うちでも毎年だしてはいる。なんといっても環境《かんきょう》がいいし、生活もしやすいし、文化の中心でもある。

「まあ、当選《とうせん》するのは、象《ぞう》が針《はり》の穴《あな》をとおるようなものだろうけれど。」

と、ママはわらった。たしかに何千世帯のなかから抽選《ちゅうせん》なので、可能性《かのうせい》はかなり低い。

北海道か……。いってみたい気もする。でも、もしも北海道にいってしまったら、葵衣《あおい》たちとバンドはできなくなるんだな。それもさびしい。なんて思ったけれど、心配することもないか。当たりっこないから。

「二月十四日っていえば、むかしは、バレンタインデーで盛《も》りあがったよなあ。」

パパがつぶやいた。バレンタインデーという日には、チョコをおくるという習慣《しゅうかん》があったらしい。ずいぶんぜいたくな習慣だ。

「わたしたちが子どものころは、友チョコがはやりだした時期ね。」

「友チョコ？」

と、あたしはきいた。

「最初《さいしょ》はね、女子から男子に愛《あい》の告白《こくはく》をする日だったの。で、贈《おく》り物《もの》としてチョコをあげるようになった。そのうち、好《す》きな人じゃないけどあげたり……。ただのクラスメイトとか、会社の人とか。それが義理《ぎり》チョコ。友チョコというのは同性《どうせい》のお友だちにおくること。」

「ふーん。なくなってよかった。そんなのめんどくさいもの。」

「あら、けっこう楽しかったよ。だれがだれにあげたとか、うわさがとびかって。もし、いまもそんなイベントがあったら、沙良《さら》はどうする？」

そのとき、ふと漣《れん》の顔がうかんで、あたしはあわてて首をぶんぶんと横にふった。

「いま、だれかを思いうかべた？」

とママがわらうので、思わずさけんでしまった。

「ちがうよ！」

その日の夕飯《ゆうはん》の後で、あたしが食器《しょっき》を片《かた》づけながら『忘《わす》れられた歌』を口ずさんでい

ると、

「沙良《さら》！」

とパパによばれた。ふりかえると、けわしい顔であたしを見つめている。

「いま、うたってた歌、どこでおぼえたんだ？」

「どこって……。」

あたしは、ママのほうを見た。

「ママの録音《ろくおん》で、みつけたんだよ。パパも知ってるの？　この歌。」

「知ってるもなにもないだろう。玲美《れみ》さん、なんで沙良におしえたんだ？」

「なんでっていわれても……。」

「おそわってなんかないよ。あたしがみつけて、あたしが気に入って、それで、バンドでやることにしたんだから。」

「バンドで？　そりゃあまずいだろ。」

「なんで？　忘れられた歌だから？」

「沙良《さら》、その歌は、うたってはならない歌なんだよ。」

「どうして？　いい歌なのに。」

ママは、忘《わす》れられた歌だといった。でも、うたってはならない歌と、忘れられた歌とはぜんぜんちがう。

「それは……。」

「ねえ、尚希《なおき》さん、ちがうの。だれも歌を禁《きん》じたわけじゃないの。沙良《さら》がバンドでやりたいっていうので、あれから、むかしのバンド仲間《なかま》にも、いろいろきいてみたけど、うたってはいけないといった人なんて、どこにもいなかったのよ。」

「しかし、突然動画《とつぜんどうが》が消されたのは事実《じじつ》だろ。すごいたたかれて。クレームのコメントで、画面《がめん》がうまったほどだって、玲美《れみ》さん、そういってたじゃないか。」

「そうだけど、あれは、もともとはラブソングなのよ。」

「でも、受けとる側《がわ》はそう思わなかったわけだから。」

「最初《さいしょ》はラブソングとして受けいれられていたのよ。けれどいろいろあって、解釈《かいしゃく》がかわって、あるとき急に、国の方針《ほうしん》にたてつく歌だっていわれてしまった。みんながそれに同調して、ラブソングなんだ、なんて言い分は、とおらなくなっちゃった。」

あたしは思わず、口をはさんだ。

「ねえ、パパ。ママの歌、ちゃんときいてみてよ。ほんとに、きれいな曲なんだよ。」

「それは知ってるよ。しかし、やっぱり発表会でやるのはまずくないか？」

「なんで？　あたし、この曲やりたい。みんな気に入ってるんだよ。」

「しかしなあ、玲美《れみ》さんの先輩《せんぱい》、消されたとかいううわさだったし。」

「それはちがう。たしかに先輩、あのことがあって、音楽活動はやめてしまったけど。でも、若《わか》いときにやったことをやめるなんて、ありふれたことでしょ。いまは、東南アジアで農業指導《のうぎょうしどう》やってるらしい。」

「そうだったのか？」

「動画《どうが》がさんざんネットでたたかれてから、いろんなうわさもながれたわ。それから、なんとなくうたってはいけないというムードがひろがった。非国民《ひこくみん》の歌だ、なんて批判《ひはん》する人がいて、それをおそれた人もいる。ほら、絆《きずな》とか、国の誇《ほこ》りとかって、やたらいわれたでしょ。それで、多くの人が禁止《きんし》された歌だと思ってしまった。実際《じっさい》は、なんとなく自粛《じしゅく》ムードが支配《しはい》して、それが、なんとなくつらい記憶《きおく》と結《むす》びついただけで、だれ

も、歌そのものを禁じたりしてない。なんとなく、なの。」

「なんとなく……か。」

「そう。それから、歌の題名のとおり、というか、むしろ、積極的《せっきょくてき》に忘《わす》れられた。忘れようとしたの。そのことがわかったら、わたしもあの歌を、解禁《かいきん》したくなった。」

あたしは、タブレットを操作《そうさ》した。ママの歌がながれる。


♪川をわたる橋は、けっしてわたれない。

ぼくたちをへだてる海は、どこまでも碧《あお》くかがやく。


その声にあわせて、あたしは小さな声でうたった。


♪ぼくたちはもっと自由にはばたこう。

いつか、君《きみ》に出会うために川を越《こ》えよう。

そのときはきっと、虹《にじ》がかかるだろう。

「こうしてきくとラブソングだよね。尚希《なおき》さんは気にしすぎだと思う。だって、いまの若《わか》い人は、この歌の存在《そんざい》も知らないのよ。」

「あのね、パパ。あたし、思うんだ。これ、『忘《わす》れられた歌』っていう歌でしょ。ほんとに一度は忘れられたのかもしれない。でも、一回きいたら、あたしは、忘れられなくなった。たぶん、バンドの仲間《なかま》も。だから、あたしたちにとっては、忘れられない歌なんだよ。」

パパはしばらくのあいだ、眉《まゆ》をよせて考えこんでいたけれど、やがて、

「やっぱりいいな、ママの歌は。……忘れられない歌、か。たしかになあ。よし、じゃあ、ぼくも沙良《さら》を応援《おうえん》するよ。発表会は、玲美《れみ》さんといっしょに、見にいくからな。沙良の歌、ちゃんとききたくなったよ。」

と、笑顔《えがお》でいった。

結局《けっきょく》、今年《ことし》もうちは、抽選《ちゅうせん》には当たらず、北海道《ほっかいどう》への移住《いじゅう》はかなわなかった。

8 ラストステージ

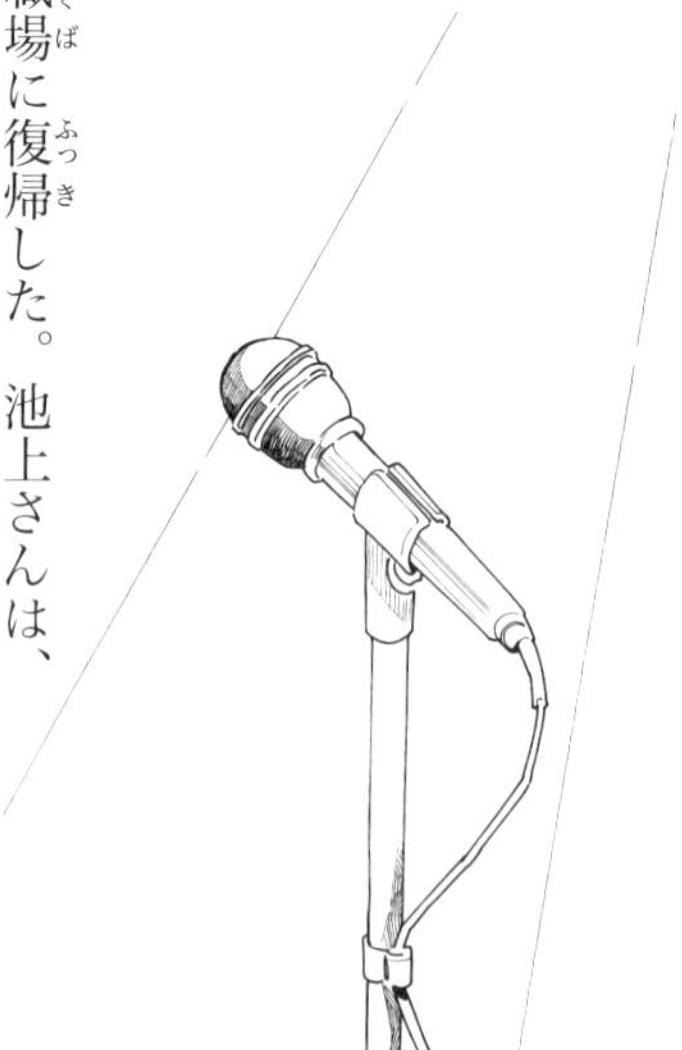

発表会の十日前に、池上《いけがみ》さんが職場《しょくば》に復帰《ふっき》した。池上さんは、

「沙良《さら》、声がでるようになったね。」

とほめてくれた。うれしかった。じつは、ひそかに発声練習もつづけていたのだ。

池上さんはすこしやせたみたいだった。しばらく休んでいたせいか、とてもいそがしそうで、その日も、ちらっとあたしたちの練習をのぞいただけで、すぐにいってしまった。

あたしたちのバンドは順調《じゅんちょう》だった。どの曲も、ほとんど完成《かんせい》に近づいていた。うたう順番《じゅんばん》もきめた。最初《さいしょ》はバラードで、二曲目がアップテンポの『七《なな》つ星《ぼし》』。最後が卒業《そつぎょう》ソング。そしてアンコールが『忘《わす》れられた歌』だ。

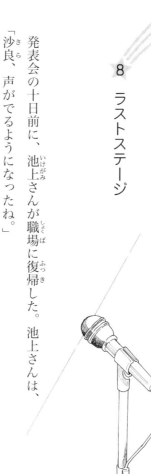

土曜の秘密《ひみつ》練習もすすんでいた。あたしはその時間がとても楽しみだった。友麻《ゆま》のドラムが見られるのだから。でも、それ以上《いじょう》にわくわくどきどきしてしまうのは、漣《れん》の顔を見ているとき。漣ってしっかりしてるけど、おとなしい子だと思っていた。けれど、バンドをやっているときは、表情《ひょうじょう》がゆたかでけっこう熱《あつ》いヤツなのだ。教室にいるときとは、ぜんぜんちがう漣が見られるのがうれしかった。

発表会がまぢかにせまっていたので、どのサークルも熱心《ねっしん》に活動していた。舞奈《まいな》たちのダンスサークルも、昼休みに、階段《かいだん》の踊《おど》り場《ば》で練習している。

「沙良《さら》、発表会のときは、ちゃんと衣装《いしょう》もそろえるから、ぜったいに見てよ！」

「もちろん。でも、あたしたちのバンドも、ぜったいきいてよ！」

「うん。けど、どうせなら、漣もいっしょだったらよかったのにね。」

一曲だけ、いっしょにやるんだよ。でもまだそれは、秘密《ひみつ》だから、

「なんか、テイストがちがうみたいだよ。」

ととぼけた。

「そうなんだ。でも、漣ってば、沙良のこと意識《いしき》してない？」

「ない。ないない！」

「そうかなあ。沙良《さら》も漣《れん》のこと、気になるんじゃない？」

「そんなことないよ！」

言葉で必死《ひっし》に否定《ひてい》したけど、顔がほてった。ほんとは気になる。だって、漣って、いいヤツなんだ、ほんとに……。

「とにかく、発表会が楽しみだね。おたがいがんばろう！」

あたしは、舞奈《まいな》の言葉にうなずいた。

練習は順調《じゅんちょう》だった。あとは、発表会の日に緊張《きんちょう》しないでやるだけだと、そう思っていた。ところが……。


事件《じけん》は、発表会の一週間前におこった。

その日は土曜で、午前中、巴旦杏《はたんきょう》の練習がおわり、あたしと葵衣《あおい》はいつものように、いのこりをきめていた。莉桜《りお》ちゃんと美宙《みそら》ちゃんが帰ってから、十分ぐらいして、友麻《ゆま》と漣《れん》がつづいてやってきて、五年生四人がそろった。そして、『忘《わす》れられた歌』の、最《さい》後《ご》の秘密《ひみつ》練習がはじまった。とちゅう、なんどか確認《かくにん》したあとで、とおしでやってみることにした。

この一曲にかかる時間は、前奏《ぜんそう》と間奏《かんそう》を入れて、四分ほどだ。こんなふうに、こっそり練習するのも、きょうで最後《さいご》だ。

時計をちらっと見る。十二時三十分。

「もう一回だけ、とおそう。」

と、友麻《ゆま》がいって、みんながうなずいた。

最初に、友麻がさざ波《なみ》のように、小さな音でハイハットシンバルを鳴らす。

そしてわたしがうたいだす。つづいて葵衣《あおい》のギターが鳴りはじめ、よりそうようにベースがひびく。

♪川にかかる橋は、二度とわたれないのか。

ぼくのゆく手をはばむこの川のむこうに君《きみ》がいる。

小さなあやまちだったのに、君はもう遠い。

同じあやまちをくりかえす、おろかなぼくたち人間は。


一曲がおわったそのとき。

すこし乱暴《らんぼう》に、ドアがあいた。はっとしてドアのほうを見つめる。けわしい表情《ひょうじょう》をした莉桜《りお》ちゃんが立っていた。

「どういうこと？」

莉桜ちゃんのうしろには、美宙《みそら》ちゃんもいた。

ばれちゃった。けど、どうしよう……。

あたしはそっと葵衣《あおい》を見る。ぽかんとした表情《ひょうじょう》。友麻《ゆま》がゆっくりと立ちあがった。同時に、漣《れん》がストラップをはずして、ベースをいったん壁《かべ》に立てかけた。

「説明《せつめい》してよ。ちゃんと！」

なにかいわなくちゃって思ったけれど、なにもいえなかった。かわりに、一歩前にでて、口をひらいたのは漣だった。

「いっしょに、やりたいんです。『忘《わす》れられた歌』を。巴旦杏《はたんきょう》とブルートパーズで。」

「なにいってるの？　そんなことできるわけないじゃない。ばかなことといわないでよ。あたしたちは、水と油《あぶら》なんだからね！」

莉桜《りお》ちゃんが、はげしい口調《くちょう》でいった。

そのとき、ドアの外から声がした。

「おい、ドア、あけっぱなしで、まるぎこえだぞ。」

池上《いけがみ》さんだった。池上さんは、いつになくけわしい顔つきをしていた。

「すみません。」

「さわいでたことはともかく……。さっき、『忘《わす》れられた歌』っていったよな。」

「……はい。」

「この前、ちらっときこえたとき、どこかできいた曲だと思ったんだ。……あの歌は、やめなさい。」

「えっ？　どうして？」

「知らなかったのか？　あれは、うたってはいけない歌。禁《きん》じられた歌なんだぞ。」

「でも、そんなことはないって、ママが、いってました。」

「とにかく、あれはだめだ。」

ふだんの、やさしくて物わかりがいい池上《いけがみ》さんと、同じ人とは思えないような表情《ひょうじょう》を見て、あたしたちはしばらくなにもいえなかった。それでも、なんとか気をとりなおして、一生懸命《いっしょうけんめい》うったえた。

「いい歌なんです、ほんとうはだれも禁《きん》じたりしてないんです。」

でも、池上さんは、すこし表情をゆるめたものの、

「君《きみ》たちのことを心配していってるんだよ。ぼくは君たちを守る責任《せきにん》があるんだ。だから、あの歌はあきらめなさい。」

というばかり。そしてあたしたちを追《お》いたてた。

「巴旦杏《はたんきょう》は早く帰れ。とっくに時間がすぎてるぞ。」

あたしたちは、漣《れん》と友麻《ゆま》をのこして部屋をでた。

「池上さんが、あんなこわい顔するなんて……。」

莉桜《りお》ちゃんが、顔をしかめながらいった。もう、共同でアンコール曲を演奏《えんそう》するどこ

ろじゃなかった。曲の演奏《えんそう》そのものが、できなくなってしまうかもしれないのだ。

「残念《ざんねん》だね。」

美宙《みそら》ちゃんがつぶやく。それからあたしたちは、ほとんどしゃべらないまままわかれた。

あたしが暗い顔で家に帰ったので、

「沙良《さら》、どうかしたの？　体調《たいちょう》でもわるいの？」

と、心配そうな顔でママにきかれた。あたしは、池上《いけがみ》さんに『忘《わす》れられた歌』をうたってはいけないといわれたことを話した。

「そっか。池上さんの世代《せだい》にとっては、あの歌は禁《きん》じられた歌でしかないんだね。」

ママがぽつりといった。

その日は、なかなかねむれなかった。あたしは、あの歌を発表会でうたうことを、どうしてもあきらめきれなかった。すごく好《す》きな歌だから。一生懸命《いっしょうけんめい》練習してきたから。

でも、それだけじゃないんだ……。

アンコールをどうするか、巴旦杏《はたんきょう》のメンバーで相談《そうだん》したのは、月曜日の昼休み。場所は六年生の教室《きょうしつ》のそばの踊《おど》り場《ば》だ。

「どうする？」

って、莉桜《りお》ちゃんがきいたけれど、だれもなにもいわなかった。葵衣《あおい》も美宙《みそら》ちゃんも、ただ顔を見あわせてうつむいてしまう。でも、いわなくちゃ。やりたいって……。

「あの……。」

と、いいかけたけど、気持ちばかりがたかぶって、言葉がでてこない。あたしはじっと莉桜ちゃんを見る。それから、すっと息をすうと、いっきにいった。

「あたし、やりたい。どうしても、みんなでやりたい。最後《さいご》だもの、いっしょにやりたい。あれ、『忘《わす》れられた歌』っていう曲でしょ。でも、忘れられない歌なんだ。といっても、みんな忘れちゃったんだけど。でも、あたし、忘れたくない。だって、最後だもん。だからみんなで……。」

自分でもなにをいっているのか、わからなくなってきて、気がついたとき、あたしはぽろぽろなみだをながしていた。

「もう、沙良《さら》ってば、意味わかんないよ。」

莉桜《りお》ちゃんが、泣《な》き笑《わら》いみたいな顔でいった。葵衣《あおい》が、ぽんぽんとあたしの背中《せなか》をたたく。莉桜ちゃんは、ふーっと息をはいてから、また口をひらいた。

「あたしだって、くやしいよ。あの曲、大好《だいす》きだもん。けど、しょうがないよ。いくらいい曲でも、いっしょにやるなんてこと、もともと涼香《すずか》がみとめるわけなかったんだし。それに、だめだって、あんなにはっきりいわれちゃったら……。」

そのときだった。

「あんたたちは、だめだっていわれて、おとなしくやめちゃうわけ？」

あたしたちはいっせいに声のほうを見た。涼香さんだった。そばに漣《れん》も立っていた。

涼香さんはにらむように莉桜ちゃんを見ている。それに反応《はんのう》するように、莉桜ちゃんが眉《まゆ》をつりあげた。ふたりの視線《しせん》が、バチバチっとぶつかる。また、けんかみたいにならなければいいけれど……。

「関係《かんけい》ないじゃん。これはもともと、巴旦杏《はたんきょう》がはじめた曲なんだからね。」

「かってにきめないでよ。あたしたちだって、アンコール用に練習してきたんだから、なんかいう権利《けんり》ぐらいあるでしょ。」

「だったらなによ。」

「いけないっていわれたら、莉桜《りお》は、すぐやめちゃえるの？　つまり、そんなにだいじじゃなかったってこと？」

なんだか挑発《ちょうはつ》するみたいないい方だった。

「そんなこと、涼香《すずか》にいわれたくないんだけど。」

「さっき、あたしがみとめるわけないっていったよね。じゃあ、もしあたしが、いっしょに発表会でやろうっていったら、どうすんのよ！」

声があいかわらずとがっていたので、あたしたちは、しばらくのあいだ、涼香さんがなにをいったのか、理解《りかい》できなかった。

「なにを、いってるの？」

「どうなのよ。やるの？　それとも、池上《いけがみ》さんの『だめ！』におじけづいて、やめるの？」

莉桜ちゃんは、だまったまま涼香さんを見つめ、それから目をふせた。しばらくだれも口をきかなかった。

やがて、漣《れん》がためらいがちに口をひらく。

「おれたち、この曲だけは、ボカロをつかわずにやってたんだ。だから、音の加工もしてない。」

「えっ？　そうなの？」

莉桜《りお》ちゃんが目をまるくした。

「友麻《ゆま》からきいたよ。あんた、いっしょにやれるんなら、自分はドラムできなくてもいいって。ドラム、友麻にゆずったんだって？」

涼香《すずか》さんが、あたしのほうを見ていった。

「……だって、友麻のほうがうまいし。」

「そういう問題じゃないよ。友麻、最初《さいしょ》は、ちょっとばかにしてたんだって。けど、あんたががんばってきたの、みとめてる。それに、友麻もすごくやりたがってる。」

するると、漣も、

「おれ、やりたいです。せっかく練習してきたんだし。それにあの歌、みんなに知ってほしい。」

と、うったえるようにいった。その言葉に勇気《ゆうき》づけられるように、あたしも葵衣《あおい》も強くうなずいた。

「あたしも、やりたい。莉桜《りお》、やっちゃおうよ。だって、ただだめだっていわれても納得《なっとく》できないもん。」

それまでずっとだまっていた美宙《みそら》ちゃんもいった。すると、気むずかしそうな顔をしていた莉桜ちゃんが、ようやくにやっとわらった。

「池上《いけがみ》さんには、わかりました、やりませんって顔して？」

「よし、きまりだね。」

と、涼香《すずか》さん。その言葉をきいたとたん、力がぬけて、あたしはへなへなとその場にすわりこんでしまった。

「沙良《さら》！　だいじょうぶか。」

漣《れん》が、あたしの腕《うで》をつかんで、ひっぱりあげてくれた。

「ごめん。」

すぐに莉桜ちゃんが、みんなの顔を見まわしていった。

「池上《いけがみ》さんには秘密《ひみつ》だから、あと二回の活動日、練習できない。当日のリハもむり。ぶっつけ本番になるから、そのつもりでいて。」

「あーあ、意気消沈《いきしょうちん》してたくせに、えらそうに。」

と、涼香《すずか》さんがにくまれ口をきく。

「うるさいわね！」

こぶしをふりあげるまねをした莉桜《りお》ちゃんだけど、目はわらっていた。

最初《さいしょ》は、莉桜ちゃんが、合同演奏《えんそう》なんてできないって怒《おこ》っていたのに、池上さんのせい（おかげ？）で、思わぬ展開《てんかい》になった。禁止《きんし》された歌をやってしまおうなんて。考えただけでドキドキする。怒《おこ》られるかもしれない。とちゅうでとめられるかもしれない。

でも、あたしは、どうしてもみんなにあの歌をきいてほしかった。

あたしは、パパとママに、発表会で『忘《わす》れられた歌』をうたうことを話した。

「がんばれ。考えてみれば好《す》きな歌がうたえないなんて、おかしな話だもんな。もしも、怒られたら、ぼくたちがいっしょにあやまるから。」

とパパがいった。

発表会の日。

ガラス戸ごしに、外を見る。よく晴《は》れているけれど風がすこし強く、空はきいろい膜《まく》がうすくひろがったみたいな色をしている。春はこんなふうに黄砂《こうさ》がまう日が多いのだ。こういう日は、線量《せんりょう》もすこし高くなるようだ。

発表会は午後一時からだけれど、あたしたちの出番は午後四時ごろ。でも、あたしはぜんぶの発表を見るつもりだ。

「あとからいくからね。がんばってね。」

「うん、がんばるよ。」

早めにお昼《ひる》ご飯《はん》を食べたあたしは、帽子《ぼうし》をまぶかにかぶり、マスクをしっかりつけてからでかけた。

児童《じどう》センターにつくと、たくさんの子があつまっていた。ほとんどが若葉《わかば》小学校の子だ。でも、なかには友麻《ゆま》のように、遠くの学校からやってくる子も何人かはいる。

友麻はすでにきていた。あたしに近づいてきて、

「パパがくる。」

と、小さな声でいった。

「ほんと？」

「うん。反対された歌やるっていったら、じゃあききにいかなくちゃなって。」

友麻《ゆま》は、にまっとわらった。

発表会は、児童《じどう》センターの体育館をつかう。

バンドがふたつ、合唱《がっしょう》がひとつ。ダンスサークルは五つ。そのほかにも、体操《たいそう》のパフォーマンスと、朗読劇《ろうどくげき》をやるグループがひとつずつあった。

プログラムの最初《さいしょ》はダンスだ。最初のグループがスタンバイするあいだに、莉桜《りお》ちゃんから、

「『忘《わす》れられた歌』では、メインボーカル、沙良《さら》でいくよ。」

といわれた。

「えっ？」

「さっき、涼香《すずか》と相談《そうだん》して、そうきめたから、いいね。」

それにこたえている時間はなかった。舞台《ぶたい》に、ダンスサークルの子たちが登場したのだ。トップバッターは、舞奈《まいな》のチームだった。五色のカラフルなタンクトップとキャップに、ボトムは黒のハーフパンツ。でも靴下《くつした》はタンクトップと同じ色。最初《さいしょ》は軽快《けいかい》なエイトビートの音にのって、同じようなうごき。それがすこしずつアレンジをくわえ、メンバー五人が、ばらばらに、でも全体としてはまとまったうごきに変化《へんか》していく。思わず、手拍子《てびょうし》をしたくなって葵衣《あおい》とほぼ同時に手をたたく。すると、会場に手拍子がひろがっていった。

舞奈たちのグループは、三曲おどって、最後《さいご》はなげたキャップをキャッチしてしておえた。

ダンスサークルといっても、その種類《しゅるい》はいろいろだ。コスチュームも、舞奈たちのにくらべてフェミニンなものもあるかと思えば、チアリーディングっぽいもの。かと思うと、ドクロのコスチュームでこきこきしたダンスなんかもあった。

五組のダンスがおわって、十五分の休憩《きゅうけい》のとき、

「舞奈！　よかったよ。」

と声をかける。

「ありがと。すっごく、楽しかった。あたし、六年になっても、またダンスやるつもり。沙良《さら》もがんばってね！」

いつのまにか、ママとパパがきていた。あたしは二人が立っている場所に走りよった。

「いつきたの？」

「ダンスの最初《さいしょ》から見てたわよ。舞奈《まいな》ちゃん、かっこよかったね。」

「最後のダンス、ちょっとなつかしかったな。」

「むかしからある、ストリート系《けい》のダンスよね。こうして受けつがれてつづいているんだと思うと、ちょっとうれしくなっちゃった。」

ママが目をほそめていった。

「音楽もそうだけど、ダンスも、いろんな種類《しゅるい》があるんだね。」

というと、パパがにこにこしながらうなずく。

「だから、おもしろい。まあ、それが人間の歴史《れきし》だよ。」

「尚希《なおき》さん、それはちょっとオーバーじゃない？」

とママがわらった。

休憩《きゅうけい》の後、体操《たいそう》のパフォーマンスと、朗読劇《ろうどくげき》がつづいておこなわれ、そのあとはいよいよ、音楽系《おんがくけい》。順番《じゅんばん》は、ブルートパーズ、巴旦杏《はたんきょう》。最後《さいご》が合唱《がっしょう》サークル。これは、事前のくじ引きできまっていた。

ブルートパーズが舞台《ぶたい》にあがった。キーボードを前に涼香《すずか》さんが立ち、そのとなりにベースの漣《れん》。すこしうしろに、いつものようにキャップをかぶったままの友麻《ゆま》がすわる。

客席《きゃくせき》の前のほうに、見かけたことのない男の人が、二人ならんですわっていた。ちらっと顔を見て、それがだれかはすぐわかった。そのうちの一人が、顔の雰囲気《ふんいき》が友麻にそっくりだったから。友麻がドラムをやるのを最初《さいしょ》は反対していたといってたけど、こうして応援《おうえん》してくれているのだ。

そして、あの人が友麻の父親だとすると……。そのとなりの人は、たぶん、漣のお父さんだ。そう思いながら、舞台《ぶたい》に目をもどす。なぜか、漣と目があったような気がして、心臓《しんぞう》がコトンと鳴った。

ブルートパーズが最初《さいしょ》に演奏《えんそう》したのは、『七《なな》つ星《ぼし》』だった。やっぱりあたしたちの演奏よりはテンポが速《はや》い。それだけではない。クリスマス会のときにきいたのとも、ぜんぜんちがっていた。涼香《すずか》さんがつかったボーカロイドは、こんどは男声だった。それにハモるのが涼香さんの、これは生声《なまごえ》。涼香さんの歌声をはじめてちゃんときいた気がする。ちょっとハスキーで、のびやかに澄《す》んだ莉桜《りお》ちゃんとは、まったくちがう個性的《こせいてき》な声だ。

とちゅうでドラムソロが入った。このテンポの速い曲にのって、友麻《ゆま》が見せたパフォーマンスに、会場はいっきに熱気《ねっき》につつまれた。ざわっとした雰囲気《ふんいき》に、すごい、というつぶやき、ため息。ソロがおわると、あちこちから、思わず拍手《はくしゅ》がおこった。

ブルートパースは二曲目も三曲目も、アップテンポの曲だった。それなのに、声も音も重層的《じゅうそうてき》でみだれない。三人で演奏しているなんてとても思えない。これが涼香さんのつくった音なのだ。でもそれ以上《いじょう》にすごいと思ったのは、友麻だ。スティックさばきも見事だし、音切《おとぎ》れがいい。軽快《けいかい》なリズムで、ばしばしとひびいてくる。

友麻がスティックをくるくるっと回転させた。思わず、おおっ、と会場がどよめく。

差《さ》をつけられたなあ、と思ったらついわらってしまった。すこし前だったら、あの子すごいね、なんて声に、いじけたくなったかも。でも、いまは思う。友麻《ゆま》は友麻、あたしはあたしだ。

会場を見まわす。思った以上《いじょう》に、人がいっぱいあつまっていた。親たちや、同級生たち、そして下級生も。あたしたちの演奏《えんそう》がうまくいったら、バンドをやりたいって思う子がふえるかな。だったらうれしいな。

ブルートパーズの演奏がおわり、あたしたちの出番がきた。すこし前まで、楽しんできいていたのに、急にドキドキしてきた。どうしよう、失敗《しっぱい》したら……。

入れかわるとき、友麻が、

「がんばれ。」

って耳もとでささやいていった。それから、莉桜《りお》ちゃんが、

「楽しもうね。」

といった。そのひと言で、気分がすこし楽になった。

あたしたちの一曲目は、バラード曲。ブルートパーズがノリのいい曲ばかりだったの

に対して、ゆったりと入った。莉桜《りお》ちゃんのソロからはじまり、楽器《がっき》がくわわる。歌のきかせどころで、莉桜ちゃんの声にハモったのはあたし。緊張《きんちょう》して、ちょっと音がはずれたけど、すぐに修正《しゅうせい》できて、なんとかうたう。そのとき、ちょっとドラムのほうはお留守《るす》になったかも。でも、楽しい！

二曲目は、『七《なな》つ星《ぼし》』。

イントロがはじまる。すこし会場がざわつく。

「あれ、同じ曲だ。」

というささやきが耳にもとどいた。けれどアレンジはぜんぜんちがう。莉桜ちゃんの高く澄《す》んだ歌声が体育館にひびく。中間でドラムのソロ。そこが近づくにつれて、緊張《きんちょう》が高まる。

いよいよだ！　友麻《ゆま》みたいに長くたたきつづけることはできないけれど、いまできる精一杯《せいいっぱい》のことをやろうと思った。

最初《さいしょ》に、しずかにゆったりと、シンバルをスティックでなでるようにかき鳴らす。それからスネアをたたく。かろやかに音がひびく。じょじょにリズミカルに、バスドラムも入れて、強い音でアクセントをつける。ソロのラスト。タムタムもふくめて順番《じゅんばん》にたたき、ダカダカダカダカトトタンタンと音をきざむ。シメはシンバル。きまった！

できることはやれた、と思う。ほっとして汗《あせ》をぬぐう。拍手《はくしゅ》ももらえた！　莉桜《りお》ちゃんも、美宙《みそら》ちゃんも、葵衣《あおい》も笑顔《えがお》。曲がラストにむかい、莉桜ちゃんがしっとりとうたいあげた。

二曲目がおわったあとで、莉桜ちゃんが、会場の人にむかっていった。

「あたしたちの演奏《えんそう》は、さっきのブルートパーズとはずいぶんちがっていたと思います。それぞれの個性《こせい》があるからおもしろいと、あたしたちは思いました。みなさんにも、同じ曲でも、いろんな表現《ひょうげん》があるんだってことを、わかってもらえたらうれしいです。」

そして三曲目。これが、巴旦杏《はたんきょう》として演奏する最後《さいご》だ。桜《さくら》が咲《さ》くのを心まちにしながら、でも、それはわかれのときだからという複雑《ふくざつ》な思いをつづった卒業《そつぎょう》ソング。それはそのまま、あたしたちの気持ちをあらわしているようだった。

莉桜ちゃんと、美宙ちゃんはもうすぐ中学生になる。若葉《わかば》小学校を卒業して、このわかば児童《じどう》センターともおわかれなのだ。のびのある莉桜ちゃんの声をきいているうちに、ちょっとうるうるしてきた。

でもなみだぐみそうになったのは、さびしかったからだけじゃない。この十か月のことを思いだしていたのだ。なにもわからないまま、やることをきめたバンド活動。まるっきりゼロからはじめたドラム。そう思ったら、すこしは自分をほめてあげてもいいような気もした。自分でいうのもなんだけど、けっこう進歩《しんぽ》したと思った。

みんなもうまくなった。莉桜《りお》ちゃんの歌は五月ごろより、ずっとのびやかだし、美宙《みそら》ちゃんもますますかっこいい。葵衣《あおい》のギターもみがきがかかった。みんなとあわせるって意味でも、最初《さいしょ》のころはばらばらだった。それがいまは、ぴったりと息があっている。

こうして、あたしたち、巴旦杏《はたんきょう》の演奏《えんそう》はおわった。

前に立って一礼《いちれい》したとき、

「アンコール！」

という声がかかった。ちょっとわざとらしいその声は、なんとあたしのパパだった。でも、みんなが拍手《はくしゅ》してくれた。莉桜ちゃんが涼香《すずか》さんたちをよびよせながら、あたしにむかっていった。

「沙良《さら》、曲の紹介《しょうかい》は沙良がやるんだよ。」

「えっ？」

「ほら、早く前にでて。」

と美宙《みそら》ちゃんも。あたしは、いすからおりて、ちょうど舞台《ぶたい》にあがってきた友麻《ゆま》と入れかわる。そして、前にでた。

そのとたん、すっごく緊張《きんちょう》して手がふるえた。演奏《えんそう》のときは、いつのまにか緊張を忘《わす》れていたのに。そのとき、漣《れん》がすっとよってきて、小さな声でいった。

「おちつけよ。沙良の願《ねが》いを、これから実現《じつげん》させるんだから。」

願い……実現……。言葉が頭にしみてくる。

あたしは客席《きゃくせき》にむかってぺこっと頭をさげた。

「わざとっぽい、アンコールの声、ありがとうございました。」

すると客席から、わらいがおこった。だって、いったのがメンバーの身内《みうち》らしいってことは、ばればれだったから。

「あたしたち、巴旦杏《はたんきょう》と、ブルートパーズは、児童《じどう》センターのサークルのなかでたったふたつのバンドです。それぞれ個性《こせい》がちがうことは、演奏《えんそう》をきいてくれたみなさんは、わかったと思います。でも、一曲ぐらいいっしょにやれたらいいなと思いました。そこで、最後《さいご》に、ふたつのバンドがいっしょに演奏をするのできいてください。」

それだけいうと、マイクをもちかえて、友麻《ゆま》を見る。

「ワン、トゥー、スリー、フォー。」

と、スティックをたたきながら、友麻が合図をおくる。しずかな葵衣《あおい》のギターの伴奏《ばんそう》。会場がしんとしずまりかえるのを感じた。

あたしは、すっと鼻で息をすうと、思いきり声をだした。スピーカーをとおして、あたしの声がひろがった。

あたしの歌声に、莉桜《りお》ちゃんと涼香《すずか》さんの声がかさなる。漣《れん》と美宙《みそら》ちゃんの二本のベースが低音をひびかせる。葵衣が弾《ひ》くギターの凛《りん》とした音色《ねいろ》、そしてふだんよりは音をおさえた、けれどリズミカルな友麻のドラム。仲間《なかま》の奏《かな》でる音を体中に感じて、あたしはうたう。

客席《きゃくせき》を見ると、みんながゆったりと曲にゆだねるように、体をゆらしているのが見え

た。パパとママも、じっときいている。ママのちょっと泣《な》きそうな顔。一瞬《いっしゅん》、呼吸《こきゅう》がみだれた。でも、だいじょうぶ。友麻《ゆま》のお父さんが、ドラムのリズムにあわせるように、遠慮《えんりょ》がちに手をたたいている。

池上《いけがみ》さんがうしろのほうに立っている。すこし、こまったような顔で。でも、演奏《えんそう》をやめさせるようなことはしなかった。

——ごめんなさい、池上さん。でも、きいてください……。

サビのリフレインに入る。曲のきかせどころだ。あたしは声を思いきり張《は》りあげる。

♪ぼくは、忘《わす》れない、あの日のことを、あの歌を。
いつかきっと君《きみ》にとどくだろう。この歌声が。
いつかきっと、ぼくたちはもっとはばたこう。
自由に、自由に……。

それぞれがそれぞれの音や声をだす。けれど、あたしたちはいま、ひとつの歌を演奏している。葵衣《あおい》のギターがひびき、ツインベースがビンビンとつたわる。莉桜《りお》ちゃんと涼香《すずか》さんのハーモニー。ちがった声のふしぎなコラボ。そして、軽快《けいかい》にきざむ、友麻《ゆま》のドラム……。

このまま、もっといっしょにうたっていたい。ずっとうたっていたい。でも、もうすぐ歌がおわる。おわってしまう……。

こうして、あたしたちの合同演奏《えんそう》は、おわった。

あたしは、ふたたび、会場の人々《ひとびと》にむかっていった。

「きいてくれてありがとう。アンコール曲としてえらんだのは、『忘《わす》れられない歌』という曲でした。」

するとまた、大きな拍手《はくしゅ》がおこった。

発表会のトリは合唱《がっしょう》サークルで、サークルとしてはいちばん人数が多い。舞台《ぶたい》には、四年生から六年生まで、ぜんぶで十五人ぐらいの人があがった。

そして最後《さいご》は、会場の人も全員で、若葉市《わかばし》のイメージソングをうたい、発表会のすべてのプログラムがおわった。

合唱《がっしょう》サークルで、来年リーダーになるのは、となりのクラスの子だという。その子が、あたしたちのところにきていった。

「さっき、バンドが合同でやった『忘《わす》れられない歌』っていうの、合唱サークルでもやりたいんだけど、おしえてもらえる？」

「もちろん。でも、『忘れられない歌』じゃなくて、『忘れられた歌』だよ。」

とあたしがいうと、葵衣《あおい》がふきだした。

「沙良《さら》がまちがっていったんだよ。」

「ええ？　いいまちがえたの？」

「けど、いいんじゃないか？　みんなも『忘れられない歌』って思ったみたいだし。」

と、漣《れん》がいって、大わらいになった。

いつのまにか、池上《いけがみ》さんがそばにいた。

「アンコール、いい演奏《えんそう》だったよ。ふたつのグループがいっしょにやっているの見て、ジーンときた。それに、いい歌だったな。『忘《わす》れられない歌』。」

そして、あたしの頭をポンポンとかるくたたいた。

＊　＊　＊

なんかドキドキする。それがなぜかって、わくわくする気持ちでいっぱいだから。不《ふ》安《あん》は、ない。


「沙良《さら》！　おそいよ。」

葵衣《あおい》がわかば児童《じどう》センターの前で手をふっている。

あたしたちが六年生になって一か月あまり。きょうは、新サークルの登録《とうろく》をする日だ。

三月の発表会の数日後、莉桜《りお》ちゃんたちは若葉《わかば》小学校を卒業《そつぎょう》した。卒業式に出席《しゅっせき》したのは、卒業する六年生と、送る側《がわ》の五年生。卒業式ってだけで、泣《な》いちゃう子とかもいるけれど、莉桜ちゃんも美宙《みそら》ちゃんもにこにこしていた。対照的《たいしょうてき》に目を真っ赤にしていたのは涼香《すずか》さんだった。

あたしと葵衣《あおい》は、池上《いけがみ》さんにおねがいして、春休みから新しくサークル登録《とうろく》をする五月までのあいだ、一週間に一度だけ、自主練習をさせてもらうことにした。その練習に、ブルートパーズの漣《れん》と友麻《ゆま》もさそった。第一回目の自主練習の日、そのことを知った莉《り》桜《お》ちゃんが、やってきた。

「涼香《すずか》がね、みんなによろしくって。」

あれほど対立していた莉桜ちゃんと涼香さんだけど、もとのように仲《なか》よくなれたのかな。でも、それにしては、莉桜ちゃんのようすがすこし変《へん》だった。きゅっと唇《くちびる》をかみしめて、なんだか泣《な》きそうな表情《ひょうじょう》だったのだ。そのわけはすぐにわかった。

じつは、涼香さんは、北海道《ほっかいどう》にひっこしたのだ。それも、卒業式《そつぎょうしき》のつぎの日に、あわただしく旅立ったそうだ。

それをきいて、あたしたちは納得《なっとく》した。アンコールとして『忘《わす》れられた歌』を、ふたつのグループでいっしょに演奏《えんそう》することを、莉桜ちゃんよりも先に賛成《さんせい》したわけも、卒業式でなみだぐんでいたわけも。

「そっか、もう会えないんだね。」

と友麻《ゆま》がつぶやいた。

「話せなくて、ごめんっていってたよ。みんなによろしくって。自分ちだけが当たって、みんなにわるいような気がして、どうしてもいえなかったんだって。でも、北海道《ほっかいどう》で、新しい友だちができたら、関東《かんとう》でも、みんながんばってるって、つたえるからっていってた。だからあたしも、若葉《わかば》中学でがんばってみるよ。みんなも、バンド、つづけてね。」

それだけいうと、莉桜《りお》ちゃんは笑顔《えがお》を見せて帰っていった。

「これから、どうする？」

ぽつりと、漣《れん》がつぶやいた。それから、あたしのほうを見る。あたしは、発表会の後、ずっと考えていたことを、思いきって口にした。

「あのさ。あたしたち四人で、新しいバンド、組めないかな。もちろん、ほかにメンバーさそってもいいと思うけど。バンドの活動がさかんになったほうがいいし。」

「でも……。」

友麻がなにかいいかけたけど、すぐに口をとじてしまった。はきはきいう友麻にしては、めずらしいことだ。

「ドラムのこと？」

あたしがきくと、すこしこまったような顔になる。葵衣《あおい》も、だまったまま。

「ドラムは友麻《ゆま》しか考えられないでしょ。だから、あたしがボーカルやることに、みんなが賛成《さんせい》してくれたら、なんだけど。あたし、友麻のドラムを応援《おうえん》したいって気持ち、すごくあるんだ。もちろん、葵衣のギターも、だけど。」

すると、漣《れん》がすこしだけすねたように、いった。

「おれはどうなんだよ。」

あたしは、ちょっぴりごまかすように、へへっ、とわらった。漣も音楽はよくできる。バンド活動にも熱心《ねっしん》で、ベースもけっこううまい。けれど、大好《だいす》きって気持ちでくらべると、友麻や葵衣にはすこしだけ負けてる気がした。

「まあ、いいけどよ。」

とわらう漣を見て、思いがつたわったような気がした。あたしはまた口をひらく。

「もちろん、たまにはドラムたたきたいけど。それと、ボーカルっていっても、あたし、莉桜《りお》ちゃんみたいにじょうずじゃないし、音もリズムもけっこうはずすから、あたしでよかったら、だけど。」

「そんなの！」

友麻《ゆま》が大きな声をだした。それから、すこしのあいだ、あたしをじっと見つめてから、ゆっくりと話しだす。

「沙良《さら》が、ドラムをやりたいと思ってるだろうから、いえなかった。最初《さいしょ》は、いいかげんな気持ちでドラムをはじめたのかなって、腹《はら》がたったし。でも、がんばってきたのも、知ってるから、あたしからはいえなかったよ。このメンバーでやりたいって。けど、涼《すず》香《か》さんが……。」

友麻は、漣《れん》のほうを見た。すると、こんどは漣が、かわりに説明《せつめい》する、というように口をひらく。

「涼香さんが、なぜボカロにはまったのか、発表会の後で、おしえてくれたんだ。涼香さんは、莉桜《りお》さんののびやかな声が、ずっとうらやましかったんだってさ。涼香さんって、ハスキーボイスだろ。小さいころから自分の声があんまり好《す》きじゃなかったっていってた。おれは、ハスキーボイスもいいと思うけどさ。それはともかく、このあいだ、巴旦杏《はたんきょう》の演奏《えんそう》きいて、やっぱり莉桜《りお》さんの声、いいなと思ったたって。けど……沙良《さら》のことも、すごくほめてた。いまはまだ莉桜さんのほうがうまいけど、莉桜さんとはちがった魅力《みりょく》があるっていってたんだ。」

「そう。沙良の声には、艶《つや》があるって。だから、沙良は、もっと自分に自信《じしん》をもたなくちゃだめだよ。」

と友麻《ゆま》。

「沙良の声、好きだよ、あたしも。」

葵衣《あおい》がいった。

「よし、きまりだな。リーダーはボーカルの沙良だぞ。」

という漣《れん》の言葉に、葵衣も友麻もうなずいた。

「え？　うそ。」

「なにいってんの。あたしたち、沙良がいたから、いっしょにやれたんだよ。」

そうかな。そうなのかな。でも、そうなら、うれしい。

「わかった。がんばってみる。よし、じゃあ、さっそくメンバーふやすために、スカウトしなきゃ。だれか、候補《こうほ》がいたら、おしえてよね。キーボードとかできる子がいいね。それから、いつか、ホーン系《けい》とか、入れられたらいいな。トランペットとかサックスとか、トロンボーンとか、ネットでしか見たことないけど、かっこいいし。楽器《がっき》がないから、すぐにはむずかしいかもしれないけど。もちろん、あたしたち以外《いがい》にも新しいバンドができたほうがいいから、バンド、楽しいよ、って宣伝《せんでん》もしようね。」

「なんだ、けっこうよくばりじゃん。」

友麻《ゆま》がわらいながらいった。

その後、キーボードができる下級生をさそって、あたしたちのグループは五人になった。新しいバンドの名前は、フレッシュグリーン。若葉《わかば》のイメージだ。

いろいろチャレンジしたいけれど、葵衣《あおい》のアコギが大きなセールスポイントだし、まずは、生音《なまおと》を生《い》かそう。ということになった。ボカロはつかわない。

うわさでは、あたしたちのほかにも、バンドをやりたがっているグループがあとふたつあるらしい。もちろん、合唱《がっしょう》サークルは健在《けんざい》。ダンスサークルも数がふえそう。男子のダンスチームもできた。

それから、莉桜《りお》ちゃんたちは、若葉《わかば》中学で、バンド部をつくるってはりきっている。

それから、ママたちが、大人《おとな》もサークル活動をやろうってことになって、その準備《じゅんび》をしている。

それから、今年は関東地域《かんとうちいき》での合同文化祭が開催《かいさい》されるかもしれないってうわさ。まだうわさだけど。友麻《ゆま》は、関東一《かんとういち》の小学生バンドを、めざそうっていってる。

そうだよね。もっともっと、ここでだってできることは、きっとあるんだ。

わかば児童《じどう》センターの入り口近くには、小学生がたくさんあつまっている。

「リーダー、早く!」

と、友麻がさけぶ。でも、笑顔《えがお》。葵衣《あおい》が手をふる。漣《れん》がぐるぐる腕《うで》をまわしている。

あたしは、仲間《なかま》がまつところにむかって走りだした。

(おわり)

作　濱野京子
(はまのきょうこ)
熊本県に生まれ、東京で育つ。『フュージョン』でJBBY賞、『トーキョー・クロスロード』で坪田譲治文学賞を受賞。作品に『アギーの祈り』『石を抱くエイリアン』『その角を曲がれば』『くりぃむパン』『アカシア書店営業中！』『空はなに色』『すべては平和のために』「レガッタ！」シリーズ、「ことづて屋」シリーズなどがある。

絵　志村貴子
(しむらたかこ)
漫画家。1997年に『ぼくは、おんなのこ』でデビューしたのち、その作品は男女問わず人気を集めている。代表作『青い花』『放浪息子』がテレビアニメ化されている。作品に『かわいい悪魔』『娘の家出』『淡島百景』などがある。

偕成社
ノベルフリーク

バンドガール！

2016年8月　初版第1刷

作者＝濱野京子
画家＝志村貴子

発行者＝今村正樹
発行所＝株式会社 偕成社
http://www.kaiseisha.co.jp/
〒162-8450 東京都新宿区市谷砂土原町 3-5
TEL 03(3260)3221（販売）　03(3260)3229（編集）
印刷所＝中央精版印刷株式会社
　　　　小宮山印刷株式会社
製本所＝株式会社常川製本
NDC913 199P. 19cm ISBN978-4-03-649020-2

本のご注文は電話、ファックス、またはEメールでお受けしています。
Tel: 03-3260-3221 Fax: 03-3260-3222 e-mail: sales @ kaiseisha.co.jp
乱丁本・落丁本はお取りかえいたします。